SV

Galsan Tschinag
Der blaue Himmel
Roman

Suhrkamp

Erste Auflage 1994
© Suhrkamp Verlag Frankfurt am Main 1994
Alle Rechte vorbehalten
Umschlagentwurf: Elisabeth Hau
Satz: Wagner GmbH, Nördlingen
Druck: Friedrich Pustet, Regensburg
Printed in Germany

Der blaue Himmel

Meiner Großmutter –
der wärmenden Sonne am Anfang
meines Lebens

Der Traum

Möglich, diese Geschichte hat ihren Anfang in einem Traum genommen. War es eine Vorbereitung auf das, was einmal eintreten würde, eine Warnung vielleicht? Denn der Traum war böse, böse – ein Alptraum.

Es hieß, von bösen Träumen dürfte man keinem Menschen erzählen, dafür ins Leere sprechen und hinterher dreimal ausspucken. Auch von guten hieß es ähnlich. Man durfte sie keinem verraten, sondern man sollte sie für sich behalten. Waren es also solche Träume, die weder böse noch gut waren, von denen man erfuhr?

Der Tag in der Jurte begann gewöhnlich damit, daß von den Träumen berichtet wurde, die man in der Nacht geträumt hatte, und dies löste oft Freude oder auch Sorge aus, wie man den Zuhörern ansehen konnte – seltsam!

Aber diese Regel kannte ich noch nicht, als ich den Traum hatte. So erzählte ich ihn weiter, und zwar noch brüh- oder in diesem Falle besser tränenwarm. Denn ich hatte geweint und war geweckt worden. Es war meine Mutter, die mich weckte. Sie war beim Morgenmelken gewesen und in die Jurte gekommen, um den vollen Melkeimer zu entleeren. So war ihre Hand, die mich streichelte, naß und kühl und roch nach roher Milch.

Immer noch schluchzend erzählte ich ihr von dem, was ich soeben geträumt hatte. Allein sie behauptete, nachdem sie meinen Bericht angehört hatte, das sei ein guter Traum. Ich argwöhnte, sie habe mir nicht gut zugehört, denn sie war damit beschäftigt gewesen, die Milch durch ein Büschel Yakschwanzhaar in den großen Aluminiumkrug durchzuseihen, während ich erzählte. »Nein!« sagte ich heftig und machte Anstalt, wieder zu schluchzen, doch meine Mutter blieb bei ihrer Behauptung. Mehr noch: Sie sprach von einer verkehrten Deutung des Traumes, von Gold, Silber, Seide, von Festen und Süßigkeiten. Ich begriff nichts.

Doch dieses behielt ich: Keinem erzählen, ins Leere sprechen und dann dreimal ausspucken!

Das hat sie verraten, nachdem sie sich vor der Türschwelle noch einmal umgedreht hatte. »Aber dies nur bei einem wirklich bösen Traum!« hat sie warnend gesagt.

Natürlich war es ein böser Traum. Also mußte ich tun, was getan werden mußte. Aber ich hatte doch einer, Mutter, davon schon erzählt?! Was nun?

Ich überlegte, während ich unter dem alten, wattierten Lawschak hervorkroch, der einmal Vater gehört haben mußte und nun meine Schlafdecke war. Und ich überlegte immer noch, als ich mich auf den Weg in den neuen Tag machte.

Es empfing mich ein hellichter Sommermorgen, es roch nach Tau, Sonne und Viehharn; lärmend verließ gerade die Schafherde die Hürde, die Lämmer blieben an den Höne und bildeten einen viereckigen weißen Fleck. Die Frauen und Mädchen waren an der Dshele dabei, die Yakkühe zu melken: Von allen Seiten trommelten Milchspritzer in die Melkeimer aus tönendem Espenholz, sie hörten sich so unterschiedlich an, von hellem Zischen bis zum dunklen Glucksen, als ob aus einem Erdauge Wasser hervorsprudelte.

Unser Hund Arsylang lag neben dem Dunghaufen und schlief. Er schnaufte friedlich. Die Sonne strömte auf sein dunkles Fell mit den glitzernden Daunen, zersprang in Strahlen, die sogleich wieder abprallten und von Daunenspitze zu Daunenspitze glitten. Die Rippen hoben und senkten sich kaum merklich. Die Glieder lagen leicht gekrümmt, gesammelt und wirkten gelenk- und schwerelos. Ich sah, in dem Körper wohnte Ruhe, und alles war, wie es gewesen ist: gut. Doch der Traum?!

Ich ging zu Mutter, die unter einer Kuh hockte und so flink und heftig molk, daß sich ihre Schultern wiegten, als ob sie zitterten. Sie hielt das halbe Gesicht in das dichte, buschige Bauchhaar der Kuh vergraben und dazu noch das sichtbare Auge geschlossen.

Ich näherte meinen Mund ihrem freien Ohr und flüsterte: »Mutter!« Das Auge öffnete sich.

»Was ist, wenn man vorher doch jemandem davon erzählt hat?«

Mutter erriet nicht sofort, was ich meinte. Sie mußte überlegen. Dann sagte sie bestimmt: »Keinem darf man davon erzählen, keinem!«

Ich erschrak und entfernte mich. Ich überlegte und beschloß, doch noch in die Steppe zu rennen und dort den Traum loszuwerden. Denn es kam mir irgendwie besser vor, so zu tun, als die Sache beim Verkehrten zu belassen.

Ich ging ein ganzes Stück weit weg vom Ail. Dann stellte ich mich mit dem Gesicht zum Auslauf des Flußtales und sprach, jedes Wort so deutlich, wie ich es nur konnte:

MIR TRÄUMTE, MEIN ARSYLANG IST AN DEKPIREK
ERKRANKT. ER KANN NICHT LAUFEN, NICHT STE-
HEN. TAUMELT, FÄLLT UM. AUS SEINEM MUND
QUILLT SCHAUM HERVOR. SEINE GLIEDER SIND
STEIF, SEINE HAARE STEHEN ZU BERGE, ER STIRBT!
TÜI-TÜI-TÜI!

Um diese Zeit rannten die Hunde mit einem lärmenden
Gebell davon. Sie jagten einem eiligen Reiter nach, der in
einiger Entfernung am Ail vorbeizog. Der Reiter fiel aus
dem Galopp und darauf auch aus dem Trab, als er die
nahenden Hunde bemerkte. Nun ritt er im Schritt und
verhielt sich still. Die Hunde erreichten ihn, umliefen ihn
und bellten ihn an. Doch bald beruhigten sie sich, ließen
schließlich von dem friedlichen Reiter ab und machten
kehrt. Ich trieb mich herum unter der Morgensonne, die
schräg stand und lange, dünne Schatten warf. Ich spielte
mit meinem Schatten, versuchte ihn einzuholen, aber es
wollte und wollte mir nicht gelingen. So schnell ich auch
davonfederte, er hüpfte mit und entkam mir. Die Hunde
kehrten zurück. Sie gingen träge mit hoch über dem
Kreuz geringelten Schwänzen, gähnten und leckten sich
mit langen, heraushängenden rosa Zungen die Mäuler
ab.
Aber nicht Arsylang! Er ringelte den Schwanz nie, hob
ihn soweit auch nicht, er trug ihn schräg nach unten, und
die Schwanzspitze krümmte sich nur leicht nach außen.
Dazu standen ihm die Ohren, die spitz waren wie bei
einem Fohlen, aufrecht und dicht nebeneinander, sie glichen einer Schere. Auch jetzt ging er leicht im Paßgang
und den Hals vorgereckt, in der gefaßten Haltung eines
Raubtieres.

Arsylang war ein Findlingshund. Vater brachte ihn noch im Welpenalter von weither mit. Als der Welpe zu uns kam, hatte ich schon meine ersten Zähne im Munde. Aber das Hundejunge wuchs schnell und galt nun längst als erwachsen, während ich immer noch ein Kind geblieben bin.

Niemand, der zu uns kam, übersah Arsylang, jeder bedachte ihn wenigstens mit der allgemeinen Bemerkung: »Oi, das ist ein gefährlicher Hund!« Die Antwort darauf lautete, gleich, wer es war, der den Besuch vom Sattel empfing oder ihn wieder in den Sattel hob: »Der sieht nur so aus!«

In der Tat war Arsylang nicht gefährlich, er hat noch keinen gebissen. Doch die Menschen hörten nicht auf, sich vor ihm zu fürchten. Meistens aber war es ein längeres Gespräch, das sich um den Hund drehte.

Manche spielten auf seinen Namen an. Der eine sagte, das wäre bald ein wirklicher Löwe. Vater erwiderte darauf, daß der Löwe nicht zum Sehen, sondern zum Hören da wäre. Der andere meinte, wir hätten den Hund nicht Arsylang – Löwe –, sondern Börü – Wolf – nennen sollen. Vaters Antwort darauf lautete: »Das hieße dann den Wolf täglich zehn, zwanzigmal beim Namen nennen und so ihn herbeirufen – wer würde das tun?«

Ich bekam Lust, Arsylang rennen zu sehen. So rief ich in einem Atemzug: »Arsylang! Arsylang! Arsylang!« Darauf: »Tuh-tuh-tuuh!« Und selber rannte ich zurück. Hier und da erscholl Gebell, und mit einem Mal preschten die Hunde herbei. Ich beobachtete Arsylang beim Rennen: Er hatte sich ausgestreckt und an die Erde geschmiegt; der Schwanz lag ihm längs gerade. So jagte er an den

Hunden vorbei, die früher losgerannt waren und vor ihm gelegen hatten, und nahm nun die Führung. Ich rannte wieder ein Stück weiter und hockte mich vor einen Bau nieder, in den leicht ein Murmeltier oder sogar ein Fuchs hineingeschlüpft sein könnte. Arsylang kam an, landete gleich mit der Schnauze im Bau und wollte sich schnurstracks hineinzwängen, dabei winselte er dumpf und kratzte sich mit allen vier Pfoten in die Erde; in Klumpen flogen Erde und Gras hoch, die von dem Nachttau noch feucht waren. Dann kam die trockne Schicht Erde, die sich zu Staub stieb und zu einer kleinen Wolke wuchs. Ich rief Arsylang beim Namen, und er hörte auf, sich weiter abzurackern. Aber die Aufregung wollte ihn lange nicht verlassen: Er winselte weiter, und seine Haare standen zu Berge.

Ich erschrak.

Großmutter kam. Sie kam in kleinen Trippelschritten auf mich zu. Ich wollte nicht, daß sie sich meinetwegen so weit vom Ail wegschleppte. So rief ich »tschuh!«, gab mir dabei einen Klaps auf das Gesäß und galoppierte ihr entgegen.

Die Hunde rannten mir hinterher, bald holte mich Arsylang ein, blieb aber neben mir. Die anderen Hunde blieben hinter uns, keiner überholte.

Großmutter blieb stehen. Sie hatte den kurzen Birkenholzstock beidhändig am oberen Ende gefaßt und stützte sich dabei, als wir bei ihr ankamen.

»Was war das? Ein Wolf etwa?« fragte sie weich-leise, mit jenem kleinen Lächeln inmitten der Lippen, das nur selten erlosch. »Ein Wolf nicht«, sagte ich unsicher. »Ein Fuchs vielleicht oder auch nur ein Murmeltier.« Ich spürte eine kleine Kränkung dafür, daß mir Großmutter so eine Frage gestellt hatte, auf die ich lügen mußte.

»Wo bist du gewesen, Großmutter?« fragte ich mißmutig, und dies teils, um die Scham abzuwehren, die noch nicht da war, aber kommen mußte, und teils als Gegengewicht dazu, um die Kränkung aufrechtzuerhalten und so erstmalig ein Geheimnis vor ihr besser aufbewahren zu können.

»Ich mußte mich erleichtern«, sagte Großmutter gehorsam.

»Aber so lange und so weit weg?«

»Ich ging hinter den Hügel. Die Beine werden eben alt.«

Großmutter seufzte, wurde jedoch gleich darauf wieder heiter, sie deutete auf ihre Beine: »Ich habe zu den beiden soeben gesagt, seid nicht so faul, sonst geh ich mit euch noch die Schafherde hüten!«

Ich wollte nicht auf den Witz eingehen, da er mir ungelegen erschien. Ich wollte etwas anderes klären: »Aber Großmutter! Warum mußt du hinter den Hügel gehen? Andere hocken sich doch auch gleich in die Steppe!«

»Nein, Kindchen. Das bin ich eben nicht gewöhnt: Ich hocke hier, und die Leute blicken herüber – nein!«

Plötzlich überkam mich ein heftiges Gefühl zu ihr. Es war halb Mitleid und halb Achtung. Darauf schlug es in Liebe um. Es war wie ein Schmerz, ja es schmerzte. Die Augenränder liefen mir heiß an. »Großmutter!« sagte ich und faßte ihre Hand. Sie blickte mich so mild und so alleswissend an, daß ich mit Mühe aus mir herausbrachte: »Komm, Großmutter, wir gehen nach Hause!«

Großmutter

Großmutter war eine Menschenseide. Das hat Vater gesagt. Und das, was er sagte, mußte stimmen, immer. Und sie ist mir vom Himmel geschickt worden. Das hat mir Mutter verraten. Zwar stimmte manches nicht, was sie sagte, aber dort, wo der Himmel mit im Spiel war, durfte man nicht lügen. Das hat Mutter selber gesagt, und sogar Großmutter hat da zugehört.

Zuerst aber soll sie eine Fremde für uns gewesen sein. Sie hatte einen Mann, einen Sohn, eine Jurte und eine stattliche Herde. Später wurde der Mann von flüchtenden Russen erschossen und der Sohn von plündernden Kasachen erschlagen. Beides geschah kurz hintereinander.

Alleingeblieben suchte sie die Nähe ihrer jüngeren Schwester Hööshek auf. Diese war ebenso verwitwet und war meines Wissens die einzige Frau in der ganzen Ecke, der es gelungen war, den Titel Baj zu erwerben. Sie hatte einen Sohn, der, obwohl schon längst volljährig, ein schwächliches, menschenscheues Geschöpf blieb, und dieser Umstand hat wohl ihren Wert als Familienoberhaupt und ihren Willen noch gesteigert, sich im Leben zu behaupten.

Großmutter erzählte wenig von ihrer Schwester, und dieses wenige hatte nur Gutes zum Inhalt. Böses erzählte sie auch von anderen, ihr fremden Menschen nicht. So war sie eben.

Aber es wurde dennoch eine Menge von Hööshek und dem erzählt, was diese aus Großmutters Jurte und Herde gemacht hatte. Es kam von selbst zusammen. Es war der Volksmund.

Höösheks hielten sich von den Leuten ständig abseits, und dennoch gab es die Geschichte, die Krümel um Krümel zusammengetragen worden war und ein ungefähres Bild von dem Leben abgeben konnte, das Großmutter bei ihrer Schwester gehabt hatte. Auch Hööshek ist inzwischen längst tot. Es heißt in allen Sprachen und bei allen Völkern, daß man von einem Toten nichts Schlechtes sagen sollte. Warum nur? Ist das Totsein ein Luxus, den nur Auserlesene genießen dürfen? Oder eine Strafe, die nur Ausgestoßene büßen müssen? Es ist etwas, womit ein jeder bezahlen muß dafür, daß er dagewesen ist, womit beglichen werden muß das Wunder, das mit jeder Geburt gelingt. So denn wollen wir auf den Spuren des Gewesenen und im Lichtschein der Wahrheit bleiben!

Großmutters Jurte und Herde wanderten Stück für Stück in den Besitz der Hööshek. Die guten Filzdecken sollten besser die Jurte der Schwester mitbedecken, als sinnlos herumliegen und verkommen. Dem war vorausgegangen, daß Hööshek sagte: Wozu zwei Jurten aufstellen, wenn in der einen auch genug Platz für alle wäre!

Also mußte Großmutter ihre eigene Jurte als einen Haufen in einigen Bündeln liegenlassen und in die der Schwester einziehen. Als man das erste Bündel aus dem Haufen herausholte, es auspackte und die Decke nahm, hieß es: Zeitweilig, bis neuer Filz gewälzt und daraus neue Decken genäht wären. Aber neuer Filz wurde und wurde nicht gemacht, dafür wurden weitere Decken genommen.

Indes hörten auch die weniger guten Filzstücke auf, zwecklos in Bündeln herumzuliegen. Sie wurden zu Satteldecken für Reit- und Lasttiere verwendet. Zunächst wurden sie als Ganzes genommen, als Notbehelf, für einmal nur; nach einer bestimmten Zeit aber wurden sie schon zerschnitten und zurechtgenäht. Gleiches geschah mit dem Holzgerüst. Die Dachstreben waren zuerst dran, sie dienten eine nach der anderen einem anderen Zweck. Und es dauerte nicht lange, man wurde so frei, so großzügig, eine davon in Stücke zu hacken und daraus Pflöcke zu hauen. Und Pflöcke wurden gebraucht!

Dann waren es einige der Scherengitter, der Jurtenwände, die in die Jurte der Schwester kamen und dort solche ablösten, die ausgebessert werden müßten.

Ähnlich mit dem Vieh. Die laufenden Ausgaben wurden gern mit den Lämmern und den Zicklein, aber auch schon mit den ausgewachsenen Schafen und Ziegen aus der Herde der Großmutter bestritten. Die wären kleiner im Wuchs oder sonstwie nicht so gut wie die aus der eigenen Herde. Besser, wenn die besseren Stücke in der Herde zurückblieben, denn Großmutter würde ja alles ersetzt bekommen. Aber kein Lamm bekam sie ersetzt, nichts!

Eines Tages sah man ein: Es war sinnlos, den Haufen, der einmal eine Jurte erhalten hat, auf Umzügen weiter mitzuschleppen. Also löste man ihn auf, nahm, was noch einen Wert hatte, und verfeuerte, was gar keinen hatte. So wurde Großmutter zu einem obdachlosen Menschen. Und sie wäre wahrscheinlich auch zu einem besitzlosen Menschen geworden, wenn sie weiter bei der Schwester geblieben wäre. Aber zum Glück kam es anders!

Großmutter pflegte den Kopf leicht gesenkt und ein wenig schief zu halten. Das möchte ich schon hier untergebracht haben, obwohl ich noch eine Weile an der Vorgeschichte weitererzählen muß, die ich erst später als erwachsener Mensch zusammengebracht habe.

Großmutter hieß im Volke *Dongur Hootschun*, dies bedeutete Greisin mit dem kahlgeschorenen Kopf. Der Name ist wörtlich zu verstehen. Sie war die erstere von insgesamt zwei Frauen mit einem kahlgeschorenen Kopf, die ich bei Tuwinerinnen sah.

Übrigens wurde die andere Frau, die ein halbes Menschenalter später den Altai bewohnt hat, ebenso *Dongur Hootschun* genannt. Und der Spitzname hat, wie sooft, längst die Stelle des richtigen Namens eingenommen. Wie sie vorher hieß, solange sie lange schwarze Haare gehabt hatte, die sie zu zwei Zöpfen flocht, wird ein ewiges Geheimnis bleiben. Ich nannte sie mir *Dongor Enem* – meine Großmutter mit dem kahlgeschorenen Kopf. Manche Kinder versuchten, mir gleich zu reden, wurden aber auf der Stelle von mir zurechtgewiesen: »Wieso *Enem*? Ist sie etwa *deine* Großmutter?!«

Damals lebten die Kinder auf dem Altai friedfertig miteinander; die Filme mit den Schlägereien und den Schießereien waren noch nicht da, und auch der Geist, der Emanzipation predigte und Streit meinte, war dort noch nicht heimisch geworden. So lautete die Antwort des Kindes, das ich soeben zurechtgewiesen hatte, in der Regel: »Gut doch. Dann eben: *Eneng* – deine Großmutter!«

Die Eltern und auch die Erwachsenen im Ail sprachen vor Großmutters Namen den meinen, und dies mit der die Zugehörigkeit, oder noch besser den Besitz, anzeigenden Endung. Und das gefiel mir!

Denn in der Tat war sie *meine* Großmutter. Und das kam so: Großmutter hat sich, seitdem sie bei ihrer Schwester lebte, um die Kleinarbeit in der Jurte und in der Hürde gekümmert, zu mehr reichten ihre Kräfte nicht, denn sie war längst über siebzig. Sie sah selten jemanden, noch seltener ging, was in ihrem Alter nur noch heißen konnte: ritt sie irgendwohin. Das kam bei ihr nur vor, wenn sie sich die Kopfhaare nicht kahlscheren, sondern abrasieren lassen wollte, denn dieses letztere Handwerk wurde ausschließlich von Männern beherrscht.

So ergab sich, daß die Großmutter wieder einmal auf Suche nach jemandem ausritt, der ihr die Haare vom Kopf rasieren würde. Dabei kam sie bei unserem Ail vorbei, bei unserer Jurte. Das ist hier so leicht erzählt, in Wirklichkeit war das eine böse Geschichte mit einem doch guten Ausgang. Denn Großmutters Reitpferd war vor Hunden ausgerissen, flüchtete an vier, fünf Ails vorbei. Die Hunde – es waren ihrer zuerst drei – blieben dem Pferde und der Reiterin auf den Fersen, immer neue kamen hinzu, und am Ende war es ein ganzes Rudel von einem guten Dutzend. Unser Vetter Molum, der dort zufällig vorbeiritt, rettete sie: Er jagte dem flüchtenden Pferd nach, holte es ein und erwischte es schließlich am Zügel.

Allzu verständlich nur, daß einem solcher Art angekommenen Besuch ein herzlicher Empfang bereitet wurde. Die immer noch schnaufende und zitternde alte Frau saß auf der guten Filzmatte, die sonst eingerollt hinter dem Kleiderstapel stand und nur dann herausgeholt wurde, wenn ein ehrwürdiger oder seltener Besuch kam. Sie wurde von den Erwachsenen begrüßt und bemitleidet und von den Kindern beäugt und bestaunt. Diese letzteren waren in einer Horde herbeigaloppiert, noch bevor man den Besuch vom Sattel herunterholen konnte, und die ersteren waren eine nach der anderen erschienen, die eine mit dem Baby an der Brust, die andere mit dem Fell, das sie gerade gerbte, und die dritte mit dem Kleidungsstück, an dem sie nähte, in der Hand, und ein jeder wiederholte sinngemäß das, was schon gesagt und gefragt worden war. Und auch Großmutter antwortete auf die Fragen und wohlwollenden Tadel, die ihr galten, fast mit denselben Worten, Tadel, weil Großmutter so leichtfertig gewesen sei, sich auf ein Pferd einzulassen, das nicht zahm war.

Großmutters Pferd war eine Stute, die einmal ein dunkelgraues Fell gehabt hatte, nun aber fast weiß aussah, denn sie war im Altern. Die Stute war alles andere als wild, aber sie war einmal von Wölfen angefallen und arg zugerichtet worden. Seitdem war sie hundescheu, aber Großmutters einziges Reittier. Sie fohlte zwar jedes Jahr, aber die spätwinterlichen Schneestürme, die Wölfe und die Hööshek brachten es fertig, daß sie allein und einzig blieb.

Auf dem Herd kam der beste Tee zustande. Der beste Tee, das war, wenn in den Teesud nicht nur Milch und Salz, sondern auch ein sehr fetter Mehlbrei hinzukamen. Und dieser Tee war das Ergebnis einer Gemeinschaftsarbeit, denn eine jede der Frauen, die sich zwischen Tür und Herd breit hinbequemt hatten, machte sich nebenher auf irgendeine Weise nützlich. Der Geruch des brennenden Fettes und Mehls steigerte die Neugierde im Kindervolk immer mehr, die von dem Wunsch kam, endlich zu erfahren, wer der Mensch mit dem Kopf eines Mannes und mit der Stimme einer Frau war. Sie durften dabei nicht wie die Erwachsenen in die Jurte eintreten, auch durften sie nicht in der Tür stehenbleiben, also gingen sie hin und her, an der Tür vorbei und schickten schnell forschende Blicke in die Jurte. Dabei litten sie fast.

Als der Besuch die Schwelle der Jurte betrat, streckte ihm ein Baby laut lallend die Arme entgegen. Aber das war noch nichts Besonderes; damals wurde ein jedes Kind, sobald es sich von selbst fortbewegen und bis es unterscheiden konnte zwischen Gefahr und Nichtgefahr, an einen Strick angekettet, dessen eines Ende am Kopfende des elterlichen Bettes festgebunden war. Dies beschützte das Kind zwar vor vielen Gefahren, in die es sich sonst hätte stürzen können, aber es bedeutete für den, um dessen Wohl es ging, auch eine ungemeine Langeweile, denn ein so angebundenes Kind ähnelte sehr einem angepflockten Tierjungen: Es durstete nach einem Gesellen, gleich wer es war. So flatterte und tschilpte das Kleinkind dem Hereintretenden entgegen, und so war der erste Mensch, der mich begrüßte, Großmutter. Sie, die zunächst nur die Alte mit dem kahlgeschorenen Kopf war, erwiderte meinen Gruß auf ihre Art: nickte mir zu, liebkoste mich aus der Entfernung, segnete mich mit einem langen Leben, und dieses letzte kleidete sie in folgende Worte: »Nimm meinen weißen Kopf, meine gelben Zähne, die mir noch geblieben sind, und die Jahre darauf!« Dann mußte sie mich einstweilen aus dem Blick lassen, da sie mit den Erwachsenen Grüße wechseln und die ihr zu diesen angebotenen Schnupftabakflaschen in die Hand nehmen und daran riechen mußte – sie schnupfte nicht.

Ich aber ließ von ihr nicht ab, fuchtelte, den Blick auf sie geheftet, mit den Händen und lärmte weiter. Und das dauerte so lange, bis man auf mich aufmerksam wurde und beschloß, mich vom Strick zu befreien. Und kaum war ich frei geworden, begab ich mich auf allen vieren schnurstracks zu ihr und fing mit einem freudigen Aufschrei ihre Hände auf, die sie mir entgegengestreckt hielt. Sie half mir auf die Beine, führte mich zu sich, beroch mir zuerst die Hände, dann den Haarschopf und wünschte mir erneut ein langes Leben – diesmal sprach sie mit dem Altai und bat ihn: »Ej baj Aldajm! Nimm dieses Hundejüngchen auf Deinen Schoß, damit es von unten her beschützt ist, nimm das Hundejüngchen in deine Achselhöhle, damit es von oben her beschützt ist, und so gib ihm ein langes Leben mit einem langwährenden Glück!« Darauf setzte sie mich auf ihren eigenen Schoß und hielt mich. Und somit war sie für mich und für unsere Verwandtschaft keine Alte mit dem kahlgeschorenen Kopf mehr, sondern meine Großmutter mit dem kahlgeschorenen Kopf.

Großmutter blieb den Tag im Ail und übernachtete. Während sie von Jurte zu Jurte ging, um den für sie gekochten Tee zu trinken, klebte ich auf ihrem Rücken, und sie war es, die mir von dem Höötbeng oder Scharbing in den Schüsseln in den Jurten ein Stück abbrach und mir auf die Hände gab, was bisher Mutter getan hatte. Und das dauerte so lange, bis ich vom Schlaf übermannt wurde.

Am nächsten Morgen war Großmutters graue Stute zeitig gesattelt, allein, sie konnte erst gegen Mittag aufbrechen, da ich von ihrem Schoß nicht abstieg und zu kreischen begann, sobald man mich dort wegnehmen wollte. Sie mußte so lange warten, bis ich wieder einschlief. Vetter Molum brachte sie zurück, wegen der

Hunde und auch wegen der Schwester; er nahm ein paar Worte von Vater und Mutter mit, die er, in Höösheks Jurte angekommen, für Großmutter einzulegen hatte.

Großmutter kam im Frühjahr wieder. Der Winter lag davor, und die lange Zeit hörte man damals sowenig voneinander, oft auch nichts. In dem Jahr haben die Eltern bis zuletzt nicht erfahren können, ob Höösheks in Baschgy Dag einen verlustarmen Winter gehabt hätten und ob Großmutter über den Winter gekommen sei.

Dann kam sie! Es war noch die magere Zeit inmitten der Stürme und des Umzuges, unsere Jurte war in Hara Hoowu gerade erst angekommen. Höösheks waren von den Bergen auf die Steppe heruntergewandert, hatten einen Zwischenaufenthalt in Saryg Höl. Großmutter hatte den Hööshek-Sohn, ihren Neffen, auf seine jungen, scharfen Augen und auf sein Fernglas hin gelobt und ihn gebeten, nach Hara Dag, jenseits des Ak Hem, Ausschau zu halten. Sedip, so hieß der Neffe, sagte eines Morgens, der Ail mache sich auf den Weg. Darauf berichtete er der Großmutter in kleinen Zeitabständen, wo sich die Schafherde und die Yakherde mit den beladenen Ochsen gerade bewegten: »Am Heritsche über Doora Hara, an Üd Ödek, in Gysyl Schat, am Ak Hem.«

»Paß auf nun gut, Jüngelchen«, sagte Großmutter, »gleich werden wir wissen, wo man hin will!« Wenig später wurde ihr berichtet, daß die Herden den Ak Hem passierten in Richtung oberhalb des Gysyl Ushuk. Großmutter wußte Bescheid, wo unsere Jurte demnächst zu finden war.

Am nächsten Morgen ritt sie aus, um sich, wie sie zu ihrer Schwester sagte, die Haare herunterrasieren zu lassen und den Kopf endlich aufzufrischen. Sie fand unsere Jurte dort, wo sie sie vermutet hatte. Mutter schimpfte mit ihr, als sie hörte, Großmutter sei allein und mit Mühe über den Homdu, den großen *gefährlichen Fluß*, gekommen, da das Eis schon löcherig und brüchig geworden war und sie stellenweise das tiefe Flußwasser gesehen habe. Natürlich freute sich auch Mutter darüber, daß Großmutter gekommen war. Mit mir, der ich inzwischen größer geworden war und laufen konnte, geschah dasselbe wie vorher: Mit einem Aufschrei hastete ich ihr entgegen, kletterte auf ihren Schoß und wollte nicht wieder herunter. Ich blieb dort bis zum Abend, blieb lange wach. Nachdem ich endlich eingeschlafen war, hätte mich Großmutter die Nacht über bei sich behalten können, übergab mich aber Mutter. Großmutters Haare waren stark gewachsen. Sie hatte sie in der ganzen Zwischenzeit unberührt gelassen. So hatte sie den Anlaß, zu uns zu kommen, ständig bereit.

Die Stürme dauerten nicht nur an, sie nahmen von Tag zu Tag noch zu, aber auch die Sonne, ihre Gegenkraft, wuchs unaufhaltsam, so daß der Zusammenstoß zweier Naturkräfte auf die eine Hälfte der Dinge zerstörend wirkte; der Eispanzer über den Flüssen wurde von Stunde zu Stunde morscher, zerbröckelte und zerfloß.

Vater, der mir die Großmutter entführt hatte, während ich schlief, brachte sie am Nachmittag wieder zurück. Mir war, als ob in mir von der Freude, die mich beim Anblick der Großmutter erfüllte, eine Welle oder ein Lichthauch geblieben wäre, der sich so tief und so hell entzündete, daß er sich über die Zeit hinweg als eine lichte Spur gehalten hat. Der Fluß war inzwischen unpassierbar geworden, die nächtliche Kühle war nicht mehr imstande gewesen, die auseinanderfallenden Teile des Eises für Stunden wieder zusammenzuschweißen. Die wasserdurchtränkte Eismasse glich erweichtem Lehm und sank an jeder Stelle ein, sobald sie unter den Pferdehuf kam. Vater blieb nichts übrig, als von den Kasachen, die sich schon damals dort festgemacht hatten, jemanden ans Ufer heranzurufen und ihn zu bitten, Hööshek an Saryg Höl zu benachrichtigen.

Großmutter blieb bis zum Frühsommer bei uns. Sie war eine große Hilfe im Haushalt. Vor allem, weil sie mich beaufsichtigte. Aber es war mehr als nur das: Sie erzog mich. Nur muß sie das selbst nicht gewußt haben; keiner in der Jurte konnte damals wissen, daß er ein Kind erzog, und keinem Kinde wurde bewußt, daß es erzogen wurde. Und dieses Wort fehlte auch in unserer Sprache.

Großmutter fühlte sich bei uns wohl. In ihre Mutterseele, die schon seit langem verwaist war, hat sich mit einem Mal ein kindliches Wesen eingedrängt, und es erfüllte und erhellte sie nun.

Zweimal kamen Höösheks Worte bei uns an. Briefe gab es damals nicht, sie kamen nur von draußen, von weit her, von Soldaten. Im Innern des Landes waren es nur Worte, Vorbeireisende brachten sie, sowie sie ausgesprochen waren, vom Mund zum Ohr. Die ersten Worte, die Hööshek ausgesprochen und für ihre Schwester auf den Weg geschickt hatte, waren kurz und bestanden lediglich aus einer Feststellung und einer Frage, die wohl auch eine Mahnung enthielt: »Der Fluß ist längst wieder passierbar. Wieso kommst du immer noch nicht?!« Bevor diese Worte ankamen, waren in unserer Jurte andere Worte gesprochen worden. Vater und Mutter hatten Großmutter angeboten, bei uns zu bleiben. Bei Vater hat dieses Angebot wörtlich gelautet: »Ich habe meinen Vater tot davongetragen, ebenso meine Mutter. So darf ich vor dem Himmel und vor meinen Kindern geradestehen und sagen: Ich habe meine Pflichten als Sohn erfüllt! Nur nicht jedem ist beschieden, diese seine allerheiligste Pflicht zu erfüllen. Der Himmel muß es wissen, warum so. Die Menschen haben seit alters her ihr Bestes getan, um keine Pflicht dieser Art unerfüllt zu lassen. Und einer, der sie für einen anderen tun durfte, war ein Glücklicher! Aber er mußte es auch verdient haben, das ist wahr! Awaj, es liegt an euch, einen zu nennen, den ihr für würdig haltet, Euch auf der letzten Strecke auf die Hände zu nehmen, wenn es mit Euch eines Tages soweit sein soll! Sollte die Wahl dabei mich treffen, ich wäre darüber so glücklich, als ob meine Mutter wieder heimgekehrt wäre, auf daß ich mit ihr noch eine Weile zusammenleben und sie dann ein zweites Mal zur Ruhe davontragen dürfte!«

Mutter hatte sich für folgende Worte entschieden: »Ich bin nicht gut genug, daß ich die Ehre hätte, meine Mutter auf ihre alten Tage hin zu pflegen; andere, bessere aus meinen Geschwistern sind auserlesen, es zu tun. Doch wißt, Daaj, Ihr werdet mir eine Mutter sein, wolltet Ihr in mir auch eine Tochter sehen. Dazu sollt Ihr wissen: Ist Tee in der Kanne, will ich Euch den stärkstgebrühten Schluck davon eingießen; ist Fleisch im Kessel, werde ich Euch davon den leckersten Bissen vorsetzen!«

Mit ebenso feierlichen Worten hatte Großmutter darauf geantwortet: »Zehn Geschwister sind wir einer Mutter Leib entschlüpft. Zwei nur sind von ihnen nun übriggeblieben. Hööshek ist unser Jüngstes. Ich könnte für sie die Mutterstelle einnehmen, die Mutterpflicht erfüllen und vor ihr das Mutterrecht genießen. Ich bin ein schlechter Mensch, da ich das alles bisher nur halb getan habe. Und damit hab ich die Geister des Vaters, der Mutter und der Geschwister sicherlich enttäuscht. Wie wird es ihnen aber erst recht sein, wenn ich meine einzig gebliebene Schwester noch bei Leben verlasse?«

Also war das eine Absage.

Das zweite Mal waren die Hööshek-Worte ausführlicher, und sie lauteten: »Wenn dein Magen satter und dein Leib ausgeruhter ist bei fremden Leuten als bei mir, deiner leiblichen Schwester, dann bleibe meinetwegen dort bis zu deinem Tode. Aber in meiner Jurte und um sie herum liegt das Zeug, das dir gehört und von dem ich nicht weiß, soll es wegkommen, oder brauchst du es noch. Ich hatte beim Umzug auf die Sommerweide genug Mühsal damit, und wisse, ich möchte sie mir auf dem Rückweg gerne ersparen!«

Mutter, die dabei war, als die Worte überbracht wurden, rief entrüstet aus: »Vom Zeug spricht sie? Warum dann auch nicht gleich vom Vieh?!«

Großmutter aber bewahrte Ruhe und schickte dann folgendes auf den Weg: »Du bist mit mir aus einem Leib geschlüpft und in einem Nest gewachsen. So liegt auf dir die Pflicht, mich in die Steppe zu tragen, sollte es mit mir soweit sein. Nun entbinde ich dich dieser Pflicht und bitte dich darum, daß du anstatt meines Körpers die Sachen, die mir gehören, wegträgst und verbrennst. Laß dabei aber die Unterwäsche und die beiden Ton noch da. Ich werde sie bei Gelegenheit abholen, und später, wenn ich tot bin, werden sie von Schynykbaj und Balsyng vernichtet. Und hier noch ein Wort: Du sprichst von fremden Leuten. Fremd sind uns die Kasachen, die Chinesen, die Russen, aber auch das sind alle Menschen. Schaust du genauer hin, wirst du sehen, daß wir selbst mit den Tieren um uns herum verwandt sind. Warum da nicht mit Menschen, wer da immer ist? Wir sind Sprößlinge eines Baumes, Kinder einer Mutter. Mach deine Geschwister nicht zu Fremden. Dies, weil ich die Dinge länger kenne, und auch, weil mein Ende nicht allzuweit sein muß!«

Die oben Genannten und welche von Großmutter dazu ernannt wurden, ihre Sachen zu vernichten, wenn sie sterben sollte, waren mein Vater und meine Mutter. Damit hatte sich Großmutter entschieden.

Unentschieden war, was mit ihrem Vieh geschehen sollte. Sie selber äußerte sich dazu nicht, und das war etwas seltsam. Die Eltern berieten miteinander. Vielleicht hatte Großmutter Hemmung? Mutter wollte Vater dazu überreden, daß er Großmutter sagte, sie sollte ihr Vieh Hööshek überlassen, da jene meinen könnte, man hätte sich ihrer Schwester angenommen wegen des Viehs. Vater dachte anders: Hööshek konnte meinen, was sie wollte, aber es ging um Großmutter, und so mochte alles geschehen, nur nicht, daß sie sich verletzt fühlte.

Darauf sprachen die Eltern Großmutter an. Sie kam ihnen willig entgegen. »Also habt ihr gemerkt, daß mir die Worte im Hals saßen und ich nicht wußte, wie ich sie anbringen sollte. Die Herde ist nicht viel in der Stückzahl, stammt aber von der Herde meines Vaters ab und sind Früchte meiner mühseligen Arbeit ein Leben lang. So würde ich es mit all meinem Segen dem Kinde überlassen, das mir am Ende meines Lebens doch noch die Leber erweicht und die Seele erhellt hat. Allein da ist . . . «

Sie hielt inne. Vater eilte ihr zu Hilfe: »Vergeßt, Awaj, die schwarze Zunge der Leute. Sie wird sich an dem Weiß eures Segens und unserer Ehrfurcht vor eurem weißen Haupt entfärben!«

»Du hast recht, Schynyk«, entgegnete Großmutter in ihrer ruhigen, bestimmten Art, »wer sich in Weißem weiß, braucht sich vor Schwarzem nimmer zu fürchten. Ich meinte aber etwas anderes. Es geht um das Soll und das Gesetz des Staates hinter diesem. Ihr habt schon genug Plagen mit eurem eigenen Vieh, nun kommt das meine hinzu und erschwert euch das Leben.

»Wenn nur das ist«, meinte Vater erleichtert, »so tut Awaj, was Euch richtig erscheint. Der Junge wird Euch ein Leben lang dankbar sein, so wie ich denen dankbar bin, von denen meine Herde abstammt, denn sie ist es, die mich und meine Kinder heute ernähren und noch Kindeskinder und Enkelskinder ernähren wird!«

Zur Mitte des ersten Sommermonats ritt Großmutter zu der Jurte ihrer Schwester. Sie nahm Molum als Viehtreiber mit. Die Eltern hatten gemeint, es hätte doch Zeit mit dem Abholen der Herde, man sollte es besser im Herbst tun, wenn die Ails zueinander wieder näher gerückt seien. Und was die Bekleidung betraf, hatte Großmutter ohnehin dies und jenes schon genäht. Doch Großmutter meinte, das Vieh sollte sich noch vor dem Einbruch der Kälte an die Weiden und an ihre Herdgenossen gewöhnen, und auch wir sollten uns es Stück für Stück ins Auge nehmen und ins Gedächtnis einprägen – je früher, um so besser.

Da ereilte das Unglück unseren Ail, unsere Jurte, mich. Ich stürzte in den Kessel, in siedende Milch.

Und es ereignete sich an dem Abend des Tages, an dem

Großmutter weggeritten war, um mir meine künftige Herde in die Hürde zu holen. Mutter hatte die Milch, die sie soeben gemolken hatte, in den gußeisernen Kessel zum Aufkochen gebracht, und da das Feuer noch zu heftig brannte, den Kessel vom Oshuk heruntergenommen und für eine Weile auf drei Dungstücke daneben abgestellt.

Darauf hatte sie die Jurte verlassen, um die Kälber anzubinden, da gerade die Yakherde von der Weide zurückgebracht worden war. Vater und die älteren Geschwister waren um diese Zeit alle draußen mit den Lämmern beschäftigt. Ich hatte geschlafen, zwar noch nicht ausgezogen und für die Nacht eingerichtet, war aber vor einer Weile vom Schlaf übermannt worden, war, wie soft inmitten des Spiels, umgefallen und lag nun auf dem niedrigen Bett und schlief. Mutter war dabei, sich an das letzte, flüchtige Kalb heranzuschleichen, um es einzufangen, als sie mein Geschrei hörte. Unruhe packte sie, doch versuchte sie, sich zu beruhigen, ich würde, wach geworden, lediglich vor Angst weinen. Sie wollte nicht zur Jurte rennen, ohne die Kälber vollzählig eingefangen und damit die letzte Arbeit des Tages erledigt zu haben. So hielt sie es auch aus, bis sie das Kalb endlich im Griff hatte und es an die Dshele festband. Dann aber rannte sie auf die Jurte zu, so schnell, wie sie konnte, denn das Geschrei dauerte immer noch an, es überschlug sich nun und drohte zu ersticken. Das Feuer im Oshuk war inzwischen ausgegangen, es war finster in der Jurte. Mutter mußte Licht anzünden, um mich zu finden. Dann fand sie mich, im Kessel. Ich schwamm oben auf der Milch, ich hatte alle Glieder ausgestreckt, war wohl in meiner Angst steif geworden. So waren der Kopf, die Arme und die Beine sichtbar und als solche erkennbar. Das muß die Rettung gewesen sein, sonst wäre ich sicherlich ertrunken. Der Kessel war groß, ein ganzer Hammel verschwand darin, und die Milch reichte, obwohl es zeitig im Jahr und die richtige Melkzeit noch nicht gekommen war, fast bis zum Rande.

Seitdem Großmutter bei uns war, hatte sich die alte Angewohnheit erübrigt, mich, so unruhig ich auch war, am Strick zu halten. Und ich hatte es genau begriffen, hatte mich entwöhnt, wie es sich an dem Tage zeigte, denn Mutter hatte mich, nachdem Großmutter, meine Aufpasserin, weg war, wieder an den Strick bringen wollen, aber nein: Ich hatte mich dem mit allem widersetzt, was mir zur Verfügung stand, und hatte am Ende gesiegt.

Nur gut, daß ich von alldem nichts weiß. Gut, daß sich keiner an die Einzelheiten zu erinnern vermag, was dann geschah. Weder Mutter, die mich aus der Milch herausgefischt haben, noch Vater, der auf unser zweistimmiges Geschrei und Gejammer herbeigeeilt sein mußte, noch meine älteren Geschwister, die auch bald darauf erschienen, aber sofort wieder zurückrennen mußten, um die Ailleute herbeizuholen, keiner hat mir bisher Genaueres darüber berichten können. Vielleicht aber wollte man es nicht? Möglich, es geschah etwas, was unaussprechbar blieb? Sofort verließ der erste Eilbote den Ail. Er brachte die Nachricht zu dem nächsten, und von dort ritten weitere Männer zu weiteren Ails. Und das Ergebnis war, daß die Nachricht wenig später in jede Himmelsrichtung mit der Schnelligkeit eines Pferdes unter pausenlosem Peitschenhieb weiterdrang. Das Doj stand bevor, die Rennpferde waren eingefangen, wurden schon eingeritten, und das war wieder etwas, was zu meinen Gunsten zählte. Jene Nacht brachte ihnen die erste und wohl härteste Kraftprobe, sie liefen unter schweren Sätteln und schweren, erwachsenen Männern etliche Örtöö. Dabei gab es freilich Zwischenpausen, die sich ergaben, sooft ein Ail erreicht war. Der Weg führte über Berge, Steppen und Flüsse in die angrenzenden Sumunen, wo mit ihren besonderen Sprachen und besonderen Kenntnissen die Urianchais und Dörbeten nebst Kasachen, Torguten und noch weiteren Völkerschaften lebten. Der erste der Männer kam noch vor Mitternacht zurück. Er brachte zehn Jahre gestandenes Bärenfett mit. Mit dem sollte die Brühwunde bestrichen werden. Weitere brachten weitere Fette mit: vom Wildpferd, vom Wildkamel, vom Dachs, vom Zobel, sogar vom Murmeltier und wieder und wieder vom Bären, alles lang, oft fast ein Menschenleben lang, gestanden.

Je älter, desto flüssiger und klarer wurde das Fett; fünfundzwanzig Jahre lang gestandenes Bärenfett glich Quellwasser. Die Tuwiner waren ebenso gute Jäger wie sie Viehzüchter waren, doch nur wenige haben gewußt, daß Wildfett heilte – seltsam. Denn alles, was in jenen Tagen von draußen kam, gegen Pferdeschweiß und flehende Worte hereingeholt wurde, hätte auch bei uns, im eigenen Ail, in fast jeder Jurte sein können. Nun aber kam man dem Neuen mit Ehrfurcht entgegen, und so geschah, daß ich bald in Fett schwamm. Nur schien alles, alles nicht zu helfen. Das nackte, fast an dem gesamten Rumpf enthäutete Wesen, das ich war, schrie immer und immer noch, obwohl es längst heiser und längst tränenlos geworden war, es bebte und zitterte, man sah ihm schlimmstes Leiden an. Nur die Glieder zu ihrem Ende hin, das Gesicht, der Hals und eine kleine Stelle um den

Nabel herum hatten noch gesunde Haut. Mein Glück im Unglück war, daß die Hände und Füße verschont geblieben waren: Man konnte mich auf die Füße stellen und an den Händen halten. Zum Abend des übernächsten Tages kam der letzte Reiter zurück. Es war Dambi, der mit Mutter verwandt und so mir Daaj war. Und er brachte etwas, was noch nicht da war, wovon noch keiner etwas gehört hatte: eine abgehärtete helle Masse, die bei Hitze schmolz und flüssig wurde. Und sie hieß Dawyyrgaj, was damals keinem etwas sagte. Aber später in der Welt der Sprachen bewandert, wußte ich, es mußte das verformte mongolische Wort für Harz gewesen sein, also war es Harz von einem bestimmten Baum. Und diesem Dawyyrgaj hat tatsächlich die Wunderkraft innegewohnt: Kaum war es auf das hautlose, fettglänzende Fleisch aufgetragen, hörte das Leidewesen auf zu schreien und zu zittern und verfiel bald in Schlaf. Und es schlief lange, lange. Nur war das ein mühseliges Schlafen, denn es war unmöglich, den Schlafenden in die Schlaflage zu bringen, weshalb man ihn, so wie bisher, weiterhalten mußte. Und den Schlafenden umgab samt seinem Stehhelfer ein Umhang als Schutz vor Kälte, vor Windzug und auch vor fremdem unnötigem Blick, vor dem das tuwinische Kind seit eh und je geschützt wurde, sobald es erkrankte.

Schwer hatte es derjenige, der mich hielt, der da vor mir hockte und mich an den Handgelenken hochzerrte, ständig darauf bedacht, den glitschigen, hängenden Körper ja nicht aus den Händen zu verlieren. Nach einer kleinen Weile schon begann es ihm in den Unterarmen zu prikkeln und darauf zu brennen, und es endete damit, daß die Arme jegliches Gefühl verloren und leblos wurden, er sah dem machtlos zu, so daß ihm die Last Haar um Haar aus den Händen rutschte.

Da brauchte er eine Ablösung, anders ging es einfach nicht. Vater und Mutter wechselten einander ab. Der gerade abgelöst war, mußte sich um das Leben in der Jurte kümmern. Was draußen war, darum kümmerten sich die Nachbarn.

Nachdem ich wieder wach war, ging das Geschrei weiter, aber es war schon ein anderes, es war schon nicht mehr das Alarmgeschrei, nicht mehr das Wettgeschrei mit dem Leben, das abzubrechen, zu erlöschen drohte.

Einmal kam ein drittes Paar Hände hinzu, die sich an mich legten, und diese waren die der Großmutter. Ja, Großmutter: Sie hatte all die Tage und die Nächte stumm vor dem Herd gehockt und Tag und Nacht das Herdfeuer unterhalten, und das war der einzige Dienst gewesen, zu dem sie sich gewagt und man sie auch zugelassen hatte.

Sie war schon am nächsten Tage zurückgekommen, nachdem sie ausgeritten war. Die Unglücksbotschaft hatte inzwischen das Land kreuz und quer durchlaufen, aber seltsamerweise hat sie Großmutter nicht erreicht. Sie kam mit ihrem ganzen Besitz, der ihr noch geblieben war. Was geschehen war, erfuhr sie erst in der Jurte. Mutter empfing sie statt mit dem freudvollen Gruß, den sie wohl erwartet hatte, mit den Worten: »Nun seht Ihr, warum Ihr unbedingt fort wolltet: Es war der böse Geist, der in Euern verfluchten Viechern gesteckt und nach Euch gerufen hat!«

Großmutter sackte zusammen, fiel auf die Knie und blieb sitzen, stumm und reglos, nur ihr Blick irrte hin und her, ihre Augen glänzten trocken, und so waren sie eigentlich redend, schreiend.

Mein Vater und meine Mutter litten ob meines Unglücks sehr. Aber die Leiden, die Großmutter zu ertragen hatte, die werde ich niemals begreifen können. Diese waren so furchtbar, so unermeßlich und so unnennbar, daß nur derjenige sie versteht, der sie erlitten hat. Denn das Unglück hatte nicht nur das Mutterglück, das sie nach Jahren des Verlusts gefunden hatte, mit einem Schlag zunichte gemacht, es hatte sie auch an den Leiden anderer Menschen schuldig erscheinen lassen. Mutter hätte auch das Gegenteil von dem sagen können, was ihrem Munde entrutscht war, dies zum Beispiel: »Macht daraus nichts, Daaj, wir haben eben Pech, keiner konnte etwas dafür«, aber auch das hätte an der Sache im Grunde nichts geändert. Dennoch konnte sich Mutter nicht verzeihen, daß sie den lauten, unüberlegten Vorwurf gemacht hatte zu dem alten Menschen, der erst am Ende eines schweren, einsamen und fast sinnlosen Lebens unverhofft auf einen Funken Hoffnung gestoßen war, es doch im Kreise ihm wohlgesinnter Menschen abschließen und auf Erden jemanden zurücklassen zu dürfen, der seiner gedenken könnte und dem seine Bemühungen etwas nutzen würden.

Also kamen nun auch Großmutters Hände hinzu und kämpften gegen die Kraft, mit der mich die Erde zu sich zog, und so kämpften sie für mein Leben unmittelbar mit. Freilich, ihre Kräfte waren nicht zu vergleichen mit denen meiner Eltern, die damals junge, gesunde Menschen waren, und diese spärlichen Kräfte standen in keinem Verhältnis zu ihrem Willen. Mit gefühllosen Armen und steifem Körper kämpfte sie gegen die Schwerkraft und wollte den Kampf nicht aufgeben; man löste sie beinah gewaltsam ab, da man sah, wie fürchterlich sie aussah mit den zusammengebissenen, zahnlosen Kiefern und dem krampfhaft zitternden Kopf.

Aber so war es doch besser, nicht nur wegen Großmutter, die sonst weiter vor dem Herd gehockt, sich auf die Dauer überflüssig und gar abgestoßen gefühlt hätte, sondern auch wegen der häuslichen Pflichten, die sich von Stunde zu Stunde häuften und auf die Eltern warteten.

Daß die Brühwunde heilte und ich am Leben blieb, brauche ich nicht erst zu erwähnen. Aber ich möchte gern gestehen, daß ich darüber froh bin, und dies nicht nur meines bißchen Leibes und Lebens wegen. Nein, auch wegen der Menschen, die meinetwegen gelitten haben, vor allem aber wegen Großmutter und dafür, daß ihr das winzige Hoffnungslicht, auf welches sie zur späten Stunde gestoßen war, doch noch erhalten geblieben ist.

Das Unglück, das mit der Schnelligkeit eines Blitzes gekommen war, ließ mich mit dem nackten Leben und dem splitternackten Leibe zurück. Ich lebte, gleich einem Vogelkinde, in einem Käfig. Bei Umzügen stand ich oder hockte auf allen vieren in einem weichgefütterten Korb hoch zu Kamel. Neben mir saß auf einem dicken Filzpolster mit ausgestreckten Beinen Großmutter und beaufsichtigte mich. Wenn es kühl war oder regnete, deckte sie den Korb zu, bei Wärme und Sonne aber blieb der Korb oben offen, und Großmutter unterhielt sich mit mir.

So zogen wir den Sommer über die Bergtäler des Borgasun hinauf und hinab, die Bergpässe hinüber und herüber. Und als wir unter der Herbstsonne die fünf Arme unseres milchweißen Mutterflusses Ak Hem wieder nordwärts passierten, war die Wunde schon vernarbt, und die tote Haut, die einer Espenrinde glich, hatte angefangen, sich von der darunter neugebildeten Haut abzulösen. Diese neue Haut war zunächst hucklig und löcherig, glättete und verdichtete sich aber mit der Zeit. Mit der Kälte, die kam, kamen auch Kleidungsstücke auf meinen Leib, und das bedeutete endgültig, daß ich gerettet war.

Großmutter war in den letzten Jahren ihres Lebens glücklich. Wir hatten einander, wir waren miteinander, wir lebten füreinander. Wir bildeten eine kleine Familie innerhalb der großen. In der großen Familie gab es so manches, in unserer kleinen aber herrschte immer Eintracht, die kleine Sonne des Glücks schien darin. Großmutter sah ihre späten Träume in Erfüllung gehen, lebte in manchen dieser erfüllten Träume und bestimmte ihren weiteren Verlauf mit.

Großmutter und ich hatten unseren eigenen Platz in der Jurte. Das war das rechte, obere Viertel. Großmütter schienen immer die rechte Seite der Jurte zu bewohnen, auch bei anderen Leuten war es so. Doch da war es das untere Viertel. Auch hatte nicht jede Großmutter ihr eigenes Kind und erst recht nicht ihre eigene Herde mit diesem Kind zusammen.

Ja, die Herde! Das war *mein* ganzer Stolz. Sie bestand aus lauter schwarzköpfigen, stummelohrigen Schafen. Sie waren in Wuchs kleiner als unsere Stammtiere und hatten auch kürzere Wolle. Vater meinte, unsere Schafe gehörten einer edleren Rasse an als die der Großmutter. Aber das war erst später, und die Bemerkung kam mir damals wie eine Beleidigung für Großmutter vor.

Großmutter erzählte, sie hätte einundzwanzig Stück

Tiere mitgebracht. Einige waren in Höösheks Herde
weggekommen.

»Was heißt weggekommen, Daaj? Hööshek hat sie weggegeben!« brauste Mutter auf. Aber Großmutter blieb
still und erklärte: »Natürlich kann ein Tier auch wegkommen. Und so sind die meinen in der großen Herde
untergegangen und weggekommen.« Mutter wollte darauf ihre Meinung sagen, allein Vater kam ihr zuvor: »Du
hast nicht dabeigestanden, als Hööshek die Tiere weg-
brachte. Vielleicht sind sie wirklich weggekommen.
Werde doch endlich Herr über deinen Mund, Frau. Heißt
es doch nicht umsonst, daß man durch das Pferd nur selten, durch den Mund aber allzu oft zu Tode kommt!«
Mutter war streitlustig und außerdem in Sachen Sprich-
wörter nicht schlechter als Vater ausgerüstet. So kam sie
ihm mit einem anderen Sprichwort entgegen: »Einen,
der eine Rute in der Hand hält, sehen die Hunde nicht
gern, und einen, der ein wahres Wort im Munde führt,
hören die Menschen nicht gern!« Großmutter hüstelte,
und das war das Zeichen, daß auch sie etwas sagen
wollte. So wartete man, und das Streitgespräch, das gerade in Schwung gekommen war, stockte. Großmutter
nahm sich Zeit, und was sie dann sagte, lautete: »Die
Seide ist etwas Kostbares, wer kann, der trage sie. Aber
was ist, wollte man einen besonders guten Wischlappen
haben und nähme dafür Seide?«

In Großmutters Worten mußte man oft erst suchen, um
auf den Sinn zu stoßen. Das schien auch jetzt der Fall zu
sein. Die Eltern schwiegen und überlegten. Das Gespräch
flaute ab, der Streit verlor sich, war beendet.

Ich lernte die Schafe zählen. Ich tat es an manchen Tagen zweimal, morgens, wenn die Herde noch in der Hürde lag, und abends, wenn sie von der Weide zurückkam. Großmutter brachte mir die Zahlen bei. Sie hatte zehn Finger, an jeder Hand fünf. Ich ebenso viele, obwohl die meinen so anders waren als die ihren. Soviel wie alle unsere Finger und noch einen hinzugedacht, da wir ihn nicht hatten, waren unsere Schafe. Zwei waren Hammel, sie waren groß und dick, wir sagten, das wären die beiden Daumen der Großmutter. Und sie galten schon als alternd. Dies, obwohl sie später geboren waren als mein Bruder und meine Schwester, die immer noch erst Kinder waren. Vielleicht hatte Tante Galdarak recht, die zu sagen pflegte: »Diese Welt wirst du nie begreifen!«

Wenn ein Tier im Altern war, mußte man es schlachten. Denn es durfte nicht ganz alt werden und hinsterben, es mußte die Menschen ernähren, die es großgezogen und solange am Leben erhalten haben.

So auch unsere beiden Hammel. Zuerst wurde der ältere geschlachtet. Es war im Spätherbst. Da wurden auch andere Tiere geschlachtet, zum Wintervorrat. Großmutter meinte, daß wir zwei uns selber versorgen sollten, denn wozu hatten wir sonst die eigene Herde? Diese Worte wiederholte ich dann öfter, vielen gegenüber. Dazu zeigte ich als Beweis erst auf den lebendigen Hammel, später auf das tiefgefrorene Üüsche, das unter seinesgleichen das größte darstellte: »Das ist der Wintervorrat von Großmutter und mir!«

Von dem anderen Hammel wird noch die Rede sein. Bleiben erstmal zwanzig. Zwölf davon waren Muttertiere. Sie würden alle lammen, und die Lämmer würden alle auch gedeihen. Möglich, daß ein oder zwei der Schafe

Zwillinge zur Welt brächten, möglich auch, daß ein oder zwei der jetzigen Lämmer im kommenden Frühjahr schon lammten, denn sowohl das eine als auch das andere kam vor, manchmal. Also rechnete ich. Mein Kopf steckte voller Zahlen. Und es waren gute, herrliche Zahlen, denn sie waren fügsam, liefen ständig in einer Richtung, wie Lämmer zu ihren Müttern, sie ergänzten einander, ergänzten alle unsere Herde. Denn die Zahlen, das waren Lämmer, ständig Lämmer, schwarzköpfige, stummelohrige Zwillingslämmer, Lammeslämmer, Zweitwurflämmer, auch Geschenklämmer. Ja, dieser oder jener Daaj, diese oder jene Güüj könnten mir durchaus ein Lämmchen schenken, sogar ein Nachbar oder ein Tamyr oder ... ach, alles, alles war möglich, denn sooft passierte doch, daß Lämmer geschenkt wurden. Manchmal waren es nur Zicklein, mir wäre natürlich ein Lamm lieber, manchmal war es ein Yakkälbchen oder ein Fohlen sogar, aber mir würde auch ein Lamm genügen, ein Lämmchen ...

Die Zahlen waren flüchtig, mitunter schlimmer als die Fohlen, die man, einmal mit dem Lasso fangend, zur Flucht erzogen hat. Aber ich war ihnen hartnäckig, unermüdlich hinterher, so daß sie sich mir am Ende doch immer fügen mußten und ich mit ihnen verfahren konnte wie mit einer Herde eingearbeitete, zahme, müde Tiere. Ich war so hellseherisch und so aufwärtsdrängend wie die Planleute, entdeckte immer neue Reserven, sah da und dort ein Lämmchen, das ich zu meiner Herde hinzulocken könnte.

Von der grauen Stute der Großmutter weiß man schon; auch sie sollte fohlen in meiner Vorstellung, obwohl sie im Verhältnis der Dinge genauso alt war wie die Großmutter.

Ich jagte der Zeit voran und wollte, daß im Frühsommer des Jahres, in dem mein zweiter Hammel noch am Leben war, nicht weniger als vierzig Stück Tiere in meiner Herde wären.

Das Frühjahr kam, die Schafe lammten. Aber keine Zwillinge, keine Lammeslämmer. Dafür vier Geschenklämmer, was mehr war als gedacht. Nur stammten sie alle aus derselben Hürde. In jenem Frühjahr war etwas Unglaubliches geschehen: Die graue Stute, die nun nicht grau, sondern schon weiß war, hatte gefohlt, und es war sogar ein elsterbuntes Fohlen gewesen! Allein es ist wenige Tage später von Wölfen gefressen worden. Weder Großmutter noch ich bekamen das hübsche Fohlen zu Gesicht. Es war für uns zuerst eine freudige, dann aber eine traurige Nachricht bloß, blieb ein Gerücht, ein Traum, aus dem man jäh erwachen mußte. Großmutter rechnete nach und fand, daß die Stute damals einundzwanzig Jahre alt war. Und das war für ein Pferd das Greisenalter. Sie lebte dann noch zwei Jahre. Das soll hier heißen, ich wartete noch zweimal, aber vergebens, sie fohlte nicht wieder. Ich hätte gern weitergewartet, doch die Eltern ließen mir keine Ruhe, sie meinten, das Tier könnte krepieren und so unsauber und unnutz enden. Eines Tages ließ ich mich überreden und gab es zum Schlachten frei. Aber es hieß da anders: Kesselaufladen. Übrigens, ich gab meine Stute umsonst her, ohne sie gegen etwas anderes zu tauschen, wie es immer der Fall war, wenn eines meiner Schafe, wenn es zu alt war, geschlachtet oder verkauft werden sollte, da bestand ich immer auf den Ersatz. Bei so einem Tausch Schaf gegen Schaf sagte einmal Mutter zu Vater: »Der wird dem Stalin in den Fußstapfen treten!« Man soll wissen, Mutter

meinte damit nicht den Sohn des Georgiers Dshuga-
schwilli, der später in den Kreml gekommen und auch
zum Schluß zwar mit einem kleinen Ortswechsel, aber
eben dort geblieben ist, wie viele meinen, für die Ewigkeit. Nein, wen sie meinte, war ein anderer, Sohn des
Tuwiners Lobtschaa, und dieser blieb sein ganzes Leben,
das aus siebenundsiebzig Jahren bestand, im Altai und liegt
nun, vielleicht auch für die Ewigkeit, dort, in der Altai-
erde. Und er war der Älteste und Mächtigste meiner insgesamt sechs Daajs. Er hatte viele ausgeprägte Eigenschaften, gute wie schlechte, und als Mutter das sagte, nehme
ich an, wird sie seinen Geiz gemeint haben. Nun aber die
plötzliche Großzügigkeit und diese mit einer Stute? Vielleicht war sie mir, da ich sie ja nur gelegentlich sah, nicht so
ans Herz gewachsen wie die Schafe, die ich jeden Morgen
sah und abzählte, mit denen ich Tag für Tag zusammenleb-
te? Oder ich war als Typ eben mit jenem Dummkopf verwandt, der vor lauter Krümeln, die er im Sinne hatte, den
Klumpen nicht sah? Oder auch, die Stute war mir, da sie
mit dem werdenden Mann ein Fohlen, mein künftiges
Reitroß, versprach, so etwas wie das Gerüst eines Traumes, und da nun dieses Gerüst abgesägt werden und der
Traum verfliegen mußte, ließ mich der Schmerz nicht an
solche Kleinigkeiten denken wie an einen Ersatz?
Die Stute hatte ausgedient. Die, welcher sie gedient
hatte, gab es nicht mehr. Auch für sie war es an der Zeit,
abzugehen und den Lebensraum, den sie ausfüllte, einem
anderen zu überlassen. Aber noch war es nicht soweit.
Großmutter lebte, hockte neben mir. Sie paßte auf mich
auf, erfreute sich an meinem Gedeihen, an den tausend
Fragen, die ich ihr tagtäglich stellte. Sie erklärte mir unermüdlich die Dinge, denen ich begegnete und bei denen

ich mich nicht zurechtfand. Ebenso unermüdlich war sie im Erzählen. Sie hatte viel zu erzählen und hatte nicht nur lange, vor allem aber mit wachen Sinnen gelebt. Sie kannte keine Eile, an manchen Geschichten verweilte sie Tage. Manch eine erzählte sie wieder und wieder, wenn ich mir es wünschte. Ihr Gedächtnis war gut, glich einem Bücherschrank, in dem Ordnung herrschte. Sie suchte nicht erst, griffbereit schien sie die Geschichten zu bewahren, jede zu einem Buch gebunden, betitelt und wohl auch numeriert. Es kam bei ihr auf Einzelheiten, ja auf jedes Wort an.

Die Geschichte mit der Dökterbej-Mutter wünschte ich mir immer und immer wieder:

Schwer zu glauben, es mußte aber doch stimmen, da Großmutter es sagte: Auch sie war einmal ein Kind. Da hütete sie eines Tages wieder die Schafherde. Es war im Frühsommer, ein Tag war länger als der andere. Den Tag aber empfand sie als besonders lang und beschloß aus lauter Langeweile, eine Jurte zu besuchen, die am anderen Ende der Steppe stand. So ließ sie die Herde allein weitergrasen und ritt los. Sie ritt recht derb, da die Entfernung beträchtlich war. Als sie sich dann dem Ziel so genähert hatte, daß der Hund ihr entgegenlief, brachte sie das Pferd zum Schritt, und erst da merkte sie, daß es zum Schwitzen gekommen war. Sie erschrak. Denn was war, wenn der Mensch, der gleich aus der Jurte treten und den Hund von ihr zurückhalten würde, ein Erwachsener war? Er würde sofort sehen, daß ein Pferd zuschanden geritten war, wo die Schonzeit wegen des ansetzenden Fettes schon begonnen hatte!

Wer aus der Jurte trat, war eine alte Frau. Großmutter, oder das Kind, das sie noch war, erkannte sie sogleich und erschrak noch mehr. Denn das war eine gefürchtete Person; man nannte sie die Schwarze Alte, manche Mütter schreckten mit ihr ihre kleinen Kinder. Wer es gut meinte mit der Alten, sagte zu ihr Dökterbej-Mutter. Dökterbej war ihr Sohn. Im allgemeinen waren es böse Geschichten, die von ihr erzählt wurden.

Die Alte war in der Tat sehr schwarz. Ihr Gesicht und ihre Hände waren mit Ruß beschmiert, und auch ihre Kleider waren tiefschwarz.

Es war das Reittier, das, der Gewohnheit folgend, an die Jurte herankam; wäre es nach der Reiterin gegangen, sie wären am besten ausgerissen. Nun saß das Kind an der Sonnenseite der Jurte, vor der Schwarzen Alten angekommen, im Sattel, unfähig, einen Gruß über die Lippen zu bringen. Die Alte schaute, wie jenem schien, grimmig zu ihm herüber und sprach: »Dein Pferd ist verschwitzt, als wär es von einem Teufel beritten, doch du selber, die du darübersitzt, scheinst nicht einmal in der Lage, selber herunterzukommen – wie ist nun das?« Ihre Stimme, die heiser klang, enthielt Spott, aber nicht unbedingt Bosheit.

Das Kind stieg vom Pferd, war dabei auf das Schlimmste gefaßt. Das Schlimmste, das waren ein paar Klapse auf den Hintern oder auf die Schultergegend. Doch nichts dergleichen geschah. Dafür wurde es mit Mehlbrei bewirtet. Der Brei war in einem Sawyl, hatte darin gut abgestanden, schmeckte nach rahmiger Yakmilch und hatte fingerdicke Klumpen, die von selber zerfielen und zergingen, kaum daß man sie mit der Zunge gegen den Gaumen drückte. Ich hatte so manchen Mehlbrei gegessen, auch Milchrahm, mit gelber Butter und einmal sogar mit Sandzucker. Aber der, den Großmutter da gegessen hat, war ein besonderer, ein besserer – bestimmt. Jedesmal, wenn ich der Geschichte zuhörte, lief mir das Wasser im Mund zusammen. Und dabei bedauerte ich es sehr, daß ich nicht eher auf die Welt gekommen war, solange es jene Alte noch gab, die nicht böse war und so wunderbaren Mehlbrei kochte, damit ich an Großmutters Stelle, noch besser aber mit ihr zusammen, zu deren Jurte hätte gehen können.

Mutter, die der Geschichte mit zuhörte, gab einmal zu bedenken: »Aber Daaj! Die Dökterbej-Mutter muß dennoch eine Hexe gewesen sein, denn es ist doch so vieles von allen Seiten her erzählt worden, und da war eines schrecklicher als das andere?!«

Großmutter hob den Kopf langsam empor, den sie gesenkt hielt wie immer, wenn sie zu Ende war mit dem Erzählen. Und sie sagte, indem sie ihren milden Blick auf Mutter richtete, mit ihrer für eine Frau etwas zu tiefen Stimme, die weich, aber bestimmt klang: »Hast du sie gesehen?«

Mutter hatte sie nicht gesehen.

»Also«, fuhr Großmutter gewichtig fort, »du hast sie nicht gesehen, ich aber ja. Und ich habe keine Hexe, sondern einen Menschen gesehen. Eine alte Frau, wie meine Mutter eine war oder wie deine eine ist, wie ich eine bin oder wie du eine werden wirst!« Mutter sagte darauf nichts, sie mischte sich in die Geschichte auch nie wieder ein, sooft sie erzählt wurde.

Am schönsten war es an den Winterabenden. Mal dröhnte, mal summte es im Ofen, und der Laut übertrug sich auf den Kessel, in dem Fleisch kochte, und der Duft, der diesem entströmte, verdichtete sich von Augenblick zu Augenblick, schien sich mit allem, was im flackernden

Lichtschein lag, zu einem Ganzen zu verbinden, in alles einzuwachsen, und dies wohl bewirkte, daß man mit einem Mal das Dasein zu empfinden glaubte. Diese Empfindung war so körperhaft, so greifbar, als ob man in einem Fluß stand und das prickelnde, erkühlende Wasser an der Haut spürte. Großmutter hockte vor der Herdtür. Vater machte sich an einer Restyakhaut zu schaffen und schnaubte deutlich hörbar, wie immer, wenn er sich besonders anstrengen mußte. Mutter hantierte an einem Kleidungsstück. Und wir Kinder spielten, warfen Gashyk. Großmutter kam bald in den Lichtschein, verschwand bald im Dunkeln, das Düüleesch entbrannte schnell, brannte aber auch ebenso schnell aus, und so mußte es ständig wieder nachgelegt werden. Wir alle waren um die Ölleuchte versammelt. Ein Gespräch lag in der Luft, es war leise, eintönig, eillos. Abwechselnd kam man zu Worte. Was die Eltern von sich gaben, waren zum größten Teil Berichte von dem, was sich im Laufe des Tages ereignet hatte. Großmutter gab erklärende Bemerkungen dazu, führte sie immer wieder zu Geschichten aus. Keiner unterbrach sie, keiner unterbrach keinen; ein jeder wurde los, was er auf dem Herzen hatte. Dabei unterbrach man seine Beschäftigung nicht.

Alle hörten dem Gespräch zu, auch wir Kinder, die wir Gashyk warfen, die wir uns wünschten, daß viele, viele Pferde zustande kämen, und die wir sahen, daß viele, viele Pferde zustande kamen, und die wir uns daran erfreuten. Man war so gern beim Spiel, aber man verlor dabei das Gespräch nie aus dem Gehör, und dies, obwohl man sich nicht einmischte, wenn man nicht gerade gefragt wurde. Man hatte an allem seinen Anteil. Manchmal ergab sich eine längere Pause, jedoch brach man darein nicht gewaltsam ein, vielmehr ließ man sie andauern und sann nach, man möchte meinen, so wurde man auf die Nachtruhe vorbereitet.

Manchmal blieb Großmutter liegen. Da mußten die Schwester und der Bruder abwechselnd vor der Tür des runden Blechofens hocken und das Feuer unterhalten. Es muß eine schwere Beschäftigung gewesen sein, denn derjenige, der dort gerade hockte, bettelte den anderen darum, ihn doch endlich wieder abzulösen. Ich war hier Außenstehender, war der glückliche Beobachter, der über den Mühen der Geschwister stand, der sich aber bei Lust Bemerkungen erlaubte. Denn ich war nicht nur das jüngste, sondern auch das verbrannte Kind. Ich konnte, wann ich wollte, meine Verbrühung herauskehren. Und ich konnte es so glaubwürdig aufbieten. Vielleicht hatte mir Mutter Natur auch eine kleine Portion schauspielerisches Talent beigepackt, bevor sie mich, festgeformt, ins Leben setzte und dem Werden und Sterben überließ. Gleich, ob Großmutter saß oder lag, vergaß ich nicht, inmitten des Spiels schnell zu ihr hinüberzuschlüpfen, ihr den kahlgeschorenen Kopf zu streicheln und sie an den Ohrläppchen zu zupfen, die sich so seltsam kühl anfühlten und, von den schweren silbernen Ohrgehängen beschwert, stark herunterhingen, wie bei allen erwachsenen tuwinischen Frauen damals.

Großmutter war aufmerksam, selbst im Schlaf tastete ihre Hand nach mir, streichelte meine Mähne, meine Wangen, und sobald mein Kopf vor ihre Nase kam, beroch sie ihn, was mit einem dumpfen, glucksenden Laut begleitet wurde, wie ihn eine schlafende Stute von sich gab, sooft sie die Nähe ihres Fohlens witterte.

Großmutter blieb so alt, wie sie einmal gewesen ist, blieb

beweglich und nützlich. Nur ihre Augen alterten, das merkte man ihr beim Nähen an. Hatte sie die Nadel aus der Hand verloren, mußte sie die Steppmatte so lange abtasten mit den Händen, bis sie wohl mit einer Fingerspitze auf sie kam. Kopfschüttelnd sagte Mutter: »Aber Daaj, hatte ich doch Euch gesagt, Ihr solltet endlich aufhören mit dem Nähen!«

Großmutter antwortete darauf fröhlich: »Nicht ich höre auf, nein, die Augen sollen aufhören zu faulenzen! Und die werden's auch gleich, wenn ich sie mit dem Wässerchen von meinem Jüngchen ausgewaschen habe!«

So etwas ließ ich mir nicht zweimal sagen. Schon stand ich vor ihr, die Hose in den Kniegelenken. »Möchtest du, Enej?«

»Kannst du?«

»Ja!«

Großmutter streckte mir die hohle Hand entgegen, und ich pullerte darein.

»Alles?«

»Erstmal.«

»Du solltest den Puller nicht unterbrechen, das ist nicht gut. Ich sagte es dir schon. Mehr brauche ich auch nicht, eine Handvoll genügt.«

»Nein, Enej! Schade darum, wenn ich auf die Erde pullern muß. Lieber geb ich alles dir. Du sollst dir die Augen gut auswaschen!«

Großmutter ließ sich von mir überreden, hielt mir die hohle Hand ein zweites Mal entgegen: »Nun aber wirklich genug. Pullere dich aus.«

Ich hatte auch nicht mehr. Das machte Spaß. Auch ein wohles Gefühl war, zu wissen, daß ich etwas tat, was meiner Großmutter nutzte.

Dann war Großmutter auch an den Zähnen gealtert. Noch älter wurden sie da schon nicht mehr, denn die Zähne waren inzwischen alle ausgefallen. Die allerletzten von ihnen hatte sie sich selbst gezogen. Sie mußte lange daran zerren. So wäre es ihr besser, bequemer, meinte sie.

Großmutters Zähne waren anders als die unseren, waren vergilbt und abgenutzt an dem oberen Ende, aber dennoch sehr lang und stark an ihren Wurzeln und wirkten steinern. Arsylang fraß sie nicht. So sehr ich sie in Hammelschwanzfett umwickelte, er ließ den Zahn immer wieder rausfallen, während er die Fettscheibe mit Genuß über die Zunge wälzte, bevor er sie herunterschluckte. Sonst hatte er die Zähne, die in Fett umwickelt, vorgeworfen wurde, nie gemerkt, denn der Schwester wie dem Bruder waren doch ein Zahn nach dem anderen ausgefallen, und jeder von diesen wurde in eine dünne Fettscheibe umwickelt und Arsylang vorgeworfen. Und dabei wurde die beschwörende Bitte ausgesprochen: »Nimm meinen alten Zahn, gib mir dafür deinen jungen!«

Tatsächlich bekamen dann die Geschwister alle ihre Zähne zurück. Und ich wünschte mir so sehr, daß Arsylang auch meiner Großmutter wenigstens diese letzten Zähne abnahm und dafür neue gab. Aber er wollte nicht, und so geschah, daß Großmutter auch keine neuen Zähne bekam.

Also mußte ich ihr auch hierbei helfen. Ich zerkaute, sooft mir einfiel, abgetrocknete Aarschystücke und füllte damit Großmutters Sawyl. Und jedesmal hörte ich von ihr Lob: »Der Aarschy war wieder so gut zerkaut, fein und saftig!«

Ich hatte verschiedene Zukunftsträume. Der wichtigste war der von einer eigenen Jurte. Ich wollte darin mit Großmutter leben. Und um diese Jurte sollte eine große Herde weiden, die uns beiden gehörte. Daß ich auch eine Frau brauchte und dann mit dieser Kinder haben würde, daran dachte ich noch nicht. Großmutter sollte bei mir, mit mir, für mich dasein, und wozu brauchte ich dann auch eine Frau?

Allein da meldete sich etwas, das mir zu bedenken, ja zu befürchten gab. Denn einmal sprach Großmutter davon, daß nun für sie Zeit wäre, heimzugehen.

»Du bist doch daheim, Großmutter!« rief ich verwundert.

Sie lächelte und überlegte, dann sprach sie: »Aber ich muß. Jeder muß einmal. Anders geht es nicht.« Und diesem fügte sie nach einer Pause hinzu: »Doch ich komme wieder.«

»Wann?«

»Wenn du so groß bist, wie dein Vater jetzt ist.«

»Nein, das ist zu lange! Ich laß dich nicht gehen, Großmutter!«

»Das muß eben seine Weile dauern. Du darfst mich nicht zur Eile drängen. Sonst kann es passieren, daß ich mich verlaufe und zu einem anderen zurückkomme anstatt zu dir.«

»Zu mir mußt du kommen, Großmutter, nur zu mir! Ich werde eine eigene Jurte bewohnen, und die Herde wird sich vermehrt haben.«

»Natürlich komme ich zu dir, mein Zieselchen.«

»Versuch, Großmutter, nicht noch älter zu werden. Sonst, wer weiß, ob du dich doch nicht verlaufen kannst! Und vergiß nicht, dir die Augen öfter mit Wässerchen auszuwaschen. Hoffentlich findest du dort einen Jungen wie mich, der dir sein Wässerchen gibt. Weh aber dir, Großmutter, wenn du bei dem Jungen für immer bleiben wolltest!«

»Altern werde ich nicht. Verjüngen werde ich mich dafür, immer jünger und kleiner, bis ich wieder zu einem Baby geworden bin. Ist das geschehen, dann eile ich hierher, zu dir!«

Das kam mir seltsam vor, mir wurde angst davon: Nicht Großmutter, sondern eine andere? Ein kleines Baby sogar? »Aber ich will keine andere, kein Baby, sondern nur dich wiederhaben, Großmutter.«

»Diese andere, dieses Baby, werde ja ich sein, mein Kindchen!«

»Ein Baby – und du wirst dich dennoch hierherfinden?«

»Alle finden sich zurück, und warum nicht auch ich?«

So?! leuchtete es mir ein. Alle finden sich zurück: also würden auch andere Leute heimgehen, daher dieses Jeder-muß-Einmal! Demnach muß auch ich einmal – wie schrecklich, aber auch wie interessant! Doch diesen Gedanken behielt ich für mich, dafür fragte ich Großmutter, wie ich sie wiedererkennen könnte, wenn aus ihr ein Baby geworden wäre.

»Du wirst es schon.«

Das sagte sie fröhlich und bestimmt.

Je mehr sich Großmutter ihrem Ende näherte, desto mehr erzählte sie, und auch, desto lehrreicher wurden ihre Geschichten. Die allerletzte, die ich von ihr hörte, war diese: Großmutter hielt nichts von überflüssigen Gewohnheiten. Damit meinte sie Rauchen, Schnupfen und Trinken. Dennoch hat sie einmal eine volle Schale Aragy getrunken, und seitdem wußte sie, daß auch das Schlechte manchmal besser sein konnte als das Gute.

Ein Reiter kam inmitten der Aragyzeit zu einer späten Stunde angeritten. Es handelte sich hier um einen gefürchteten Raufbold, nun war dieser angetrunken obendrauf. Verständlich, daß man so einen möglichst im Frieden loswerden mochte, und so füllte sie nur allzu schnell eine große Schale mit Aragy, der soeben gebrannt und noch dampfheiß war, und hielt sie dem auf den Gruß hin vor. Der Gast nahm ihr die Gabe freilich ab, kostete davon, hielt inne, schmeckte ab und fing darauf an zu brüllen: »Sauf dein Hundegebräu selber auf der Stelle herunter, Weibsstück, oder ich werde dir den Schädel einschlagen und dazu noch den Dachkranz deiner Hütte auf den Herd ziehen!«

Da fiel Großmutter ein, daß in der Schale Salz gewesen ist, nun nahm sie die Salzlösung aus der Hand des brüllenden und brausenden Mannes zurück und tat, was ihr geheißen wurde. Die Angst war eben stärker als der Ekel. Daraufhin wurde ihr so elend, aber zum Schluß hatte es auch etwas Gutes: Sie hatte zu der Zeit an einem zähen Durchfall gelitten, nun schien er endlich geheilt. Sie überlegte und beschloß, bei Gelegenheit die Kur bei einem Tier zu testen. Bald ergab sich auch die Gelegenheit, und die Kur erwies sich als wirksam. Und seitdem wußte Großmutter den Durchfall zu heilen, gleich, bei wem er auftrat, ob bei ihr selbst oder einem Schaf.

Einmal wurde ich darauf aufmerksam, daß Großmutter weniger aß als früher. Ihr Sawyl war ohnehin winzig.

Nun aber wollte sie, daß man ihr nur noch halbvoll ein-
schenkte. War sie schon auf dem Wege, zu einem Baby zu
werden? Vielleicht könnte sie es schon werden, ohne erst
heimgehen zu müssen?
Ich lebte mit der Angst, aber auch mit der Hoffnung.

Der Ail

Wir gingen eillos zurück. Großmutter zeigte mir die Vögel, die in der Luft lärmten und tobten, und die Blumen, die ringsum aus der Steppe in vielerlei Farbe hervorstachen gleich herabgetröpfelten glitzernden Spritzern aus der Sonne, dem Himmel, den Gletschern und den Bergrücken, die vor soviel Licht zu rauchen und zu flammen schienen.

Vor uns lag der Ail wie ein geordnetes Spiel aus Steinen. Die Hürde war noch nicht schwarz vom Mist, auch noch nicht weißbunt von der Abfallwolle, die zeichnete sich erst bräunlich ab, vom Grün des Grases. Das kam daher, daß der Ail erst vor zwei Tagen hierhergezogen war. Die vier Jurten glichen hingeworfenen Gashyk, eine stand abseits, wirkte rund und aufrecht wie ein gelungenes und obendrein kurzgebundenes Pferd, die übrigen waren zusammengedrängt, sie glichen Ziegen, an jeder von ihnen schien etwas zu fehlen.

Eine der Jurten war sehr klein, war vierwändig, war aber mit schneeweißem Stoff bezogen und glänzte. Sie gehörte Tante Galdarak. Sie war die jüngere der beiden Schwestern Vaters. Tante Galdarak hatte eine Tochter, die noch in der Wiege lag und einen berühmten Namen hatte, auf den noch keiner bei uns gehört hatte: Dolgor hieß sie. Tante Galdarak hatte fünf Jahre lang ihr Unwesen in der Fremde, im Süden, getrieben. Das sagte Vater.

Andere sagten es auch, nur da wurden verschiedene Geschichten erzählt. Die Tante selber erzählte auch welche. Sie hatte die Hauptstadt gesehen und Brot gegessen. Sie war Soldat gewesen und hatte mit einem Gewehr aus Holz Krieg gespielt. Was Krieg war, hatte keiner gewußt, aber alle sagten, das wäre etwas Schreckliches. Wir haben noch nie Krieg gespielt. Die Erwachsenen würden es uns auch nicht erlauben. Sie erlaubten uns vieles nicht. Man verbot uns zum Beispiel, den Wolf zu spielen, sogar, ihn beim Namen zu nennen. Wir sagten Eshej, Großvater, und wußten, wen wir damit meinten. »Von bösem Spiel kommt Böses«, sagte Großmutter. Tante Galdarak hatte Krieg gespielt und daraufhin Pech gehabt. Der Mann, mit dem sie verheiratet war, hat sie in der Fremde sitzengelassen und ist verschwunden.

Die Tante ist erst vor kurzem zurückgekehrt – mit der Tochter und der winzigen, schneeweißen Jurte, die hierzulande noch keiner gesehen, geschweige denn gehabt hatte. Das war eine feine Jurte, ein Koffer und ein Spiegel schmückten deren Dör. Die Jurte daneben, die nicht so weiß war, aber hell aussah und größer war, gehörte der anderen Vaterschwester. Die Tante hieß Buja und ihr Mann Sargaj. Sie hatten fünf Kinder, von denen eines verzogener war als das andere. Das sagten die Eltern. Ich aber beneidete sie, zum Beispiel darum, daß sie alle rauchen durften. Oft geschah, daß der Onkel und die Tante samt ihren fünf Kindern um den Herd saßen und zu sieben rauchten. Da sah das Jurteninnere blau aus vom Rauch, und es duftete so nach dem, was von den Menschen aus dem Zentrum immer ausging. Die Familie setzte sich winters im Sumunzentrum nieder, und Munsuk, der jüngste der drei Söhne, erzählte, daß sie da vom

Morgen bis zum Abend, und dies viele Monate lang, vom Vieh frei waren.

Die dritte Jurte, die fast schwarz aussah und deren Filzwände und Dächer hier und dort durchlöchert waren, gehörte Onkel Sama. Das war Vaters einziger Bruder, jener war um zehn Jahre jünger als dieser, wie man später erfuhr. Von Onkel Sama hieß es, er würde ewig ein Kind bleiben. Aber er war groß und mächtig stark. Nur wusch er sich das Gesicht nicht gern wie viele Kinder, wie ich manchmal auch, besonders, wenn Vater nicht da war. Ähnlich sagte man auch von Tante Pürwü, seiner Frau. Doch sagte man das nicht sooft. Vor allem aber nicht so laut. Denn sie war eine Schamanin. Mit Schamanen sollte man lieber in Freundschaft leben. Das sagte Mutter. Und Vater bestätigte das nicht nur, er fügte dem auch hinzu: »Und mit Hunden!« Doch nicht alle schienen das zu wissen. Am wenigsten Onkel Sargaj. Er gab uns Ailkindern Mut. Und wir machten uns lustig nicht nur über Onkel Sama, sondern auch über Tante Pürwü. Und die beiden taten es übereinander – seltsam! Wir verbrachten viel Zeit in ihrer Jurte, begleiteten den Wortwechsel zwischen ihnen mit lautem Gelächter und hatten so unseren Anteil daran. Alle im Ail außer Großmutter, Vater und Mutter waren Menschen der neuen Zeit. Das sagte Onkel Sargaj. Denn sie rauchten alle. Wobei Tante Pürwü nur dann rauchte, wenn sie schamante. Sie saß mit dem Rücken zum Herd in der rechten oberen Jurtenhälfte und rauchte eine Pfeife nach der anderen. Dabei sang sie. Es waren an die Göldshün, ihre Geister, gerichtete bittende Worte. Sie beschwor sie, endlich zu erscheinen. Doch es dauerte manchmal lange, bis sie erschienen. Und wenn es soweit war, erhob sie sich, und es konnte losgehen mit dem eigentlichen Schamanen, das von allen mit Ungeduld erwartet wurde. Bis dahin aber hockte sie mit dem Herd und den Menschen abgewandtem Gesicht, schüttelte den Kopf hin und her und rauchte und fauchte. Und jedesmal, wenn die Prise Tabak ausgebrannt war und die Tante den Rauch ausgeblasen hatte, streckte sie die rechte Hand mit der leeren Pfeife aus dem Hammelschulterblattknochen rückwärts, und der Pfeifenanzünder nahm sie ihr ab, füllte sie erneut mit Tabak, zündete sie an und gab sie in die Hand, die am Rücken mit gespreizten Fingern wartete. So viel, wie sie nun rauchte, rauchte nicht einmal Onkel Sama, den Vater einen krankhaften Qualmer nannte.

Onkel Sargaj war ein feiner Mensch, denn er rauchte aus einer Pfeife, während alle anderen sich Tabakwürstchen in Zeitungspapier drehten. Und diese seine Pfeife war nicht zu vergleichen mit der der Schamanin, nein, sie war aus Messing. Mutter hätte auch gern ein Mensch der neuen Zeit sein wollen, sie rauchte manchmal auch, aber das tat sie heimlich, Großmutter und Vater durften davon nichts wissen.

Bei unserer Jurte war die Filztür schon hochgekrempelt auf das Dach, bei allen anderen hing sie immer noch herab. Keine Kinder waren zu sehen. Ich wußte, sie schliefen noch. Auch Onkel Sargaj und Onkel Sama schliefen. Vater schimpfte: »Bei wem es abwärtsgeht, der hat immer einen dicken Schlaf!«

Bei ihnen ging es abwärts: Jede der Familien hatte nur eine Höne Lämmer und Zicklein. Sie waren nicht einmal voll, Tante Galdaraks vier Lämmer und drei Zicklein kamen mit hinzu. Wir hatten sechs Höne, alles Lämmer. Dafür hatten einmal alle Geschwister die gleiche Anzahl

Vieh von unserem Großvater zugewiesen bekommen.
Die unseren haben sich vermehrt, während die der ande-
ren immer weniger wurden.
Tante Galdaraks Vieh war während ihrer Abwesenheit
von Onkel Sargaj und Tante Buja verwaltet worden.
Nun war davon nur ein winziger Rest übriggeblieben.
Doch davon machten weder Tante Galdarak noch ihre
Schwester noch ihr Schwager etwas. Sie sagten, daß die
Zeit eine andere, eine neue sei und daß man kein Vieh
mehr bräuchte. Das sagten auch Onkel Sama und Tante
Pürwü.
»Vielleicht haben sie doch recht?« meinte einmal Mutter,
»denn alle sagen das, und so viele Menschen können sich
unmöglich irren!« »Unsinn!« brauste da Vater auf. »Auch
ich bin ein Mensch, auch sie sind es, sind Menschen alle,
die sich an den Herden festklammern, die schon unsere
Eltern, die Ahnen ernährt haben und unsere Kinder, die
Kindeskinder auf alle Ewigkeiten hin ernähren werden!«
Großmutter gab Vater recht. »Verlaß dich, Balsyng, auf
Schynyk, besonders jetzt, da den Menschen der Kopf
verdreht wird!« sagte sie dann bestimmt.
Darauf rannte ich zu Onkel Samas und Tante Pürwüs
Jurte. Die Ailleute waren dort versammelt, sie saßen um
den Kessel, in dem randvoll ein Teebrei kochte. Ich
schaute mir die Köpfe der Menschen genau an, konnte
jedoch nichts Verdächtiges feststellen. Sie schienen noch
dort, wo sie immer gewesen sind.
In der Regel wurden wir mit unseren sechs Höne Lämmer beim An- und Abknöpfen eher fertig als die Kinder
unserer Verwandten mit ihrer einzigen, halbvollen Höne,
dann mußten wir ihnen auch noch helfen, die Höne
abends voll- und morgens freizubekommen.

»Bei Armen werden die Kinder verhätschelt, bei Reichen sind es die Reit- und Lasttiere!« sagte Großmutter. Onkel Sama und Onkel Sargaj waren Arme. Ihre Kinder durften lange schlafen und sich vor der Arbeit drücken.

Waren wir Reiche? Wurden unsere Last- und Reittiere verhätschelt? Das wußte ich nicht. Aber ich wußte, meine Geschwister wurden nicht verhätschelt. Sie standen früh auf und gingen spät ins Bett. Sie waren ständig beschäftigt. Bei mir war es eine andre Sache: Ich war noch klein und war der Jüngste.

Großmutter und ich gingen zum Fluß. Dort war die seichte Stelle, die sie ausgesucht und mir zugewiesen hatte. Dort sollte ich mir morgens das Gesicht und die Hände waschen. Ich trat in das Wasser, und da fiel mir ein, daß ich vergessen hatte zu pullern.

»Darf ich, Großmutter, hier stehend pullern?«

»Nein, Kindchen. Ich hatte dir doch gesagt, daß man kein Gewässer beschmutzen darf.«

»Ich meinte, nur ein einziges Mal.«

»Nein, lieber nicht. Wer so etwas einmal tut, der öffnet sich den Weg zu weiteren Malen. Unser Mutterfluß Ak-Hem wird sich erzürnen.« Ich stieg aus dem Wasser und hüpfte davon. Ich wollte der Großmutter und dem Mutterfluß zeigen, daß ich ein artiges Kind war, und so hüpfte ich immer weiter in die Steppe, bis Großmutter mir nachrief: »Es ist nun gut, und bleibe dort stehen!«

Schwester Torlaa und Bruder Galkaan kamen gerade vom Dungsammeln zurück. Sie hatten volle Körbe und gingen gekrümmt und taumelnd unter schwerer Last.

»Renne deinen Geschwistern entgegen, das wird ihnen Kraft geben«, sagte Großmutter. Ich rannte den beiden

entgegen und überlegte unterwegs, wieso mein Hinzu-
kommen ihnen Kraft gäbe. »Bist ein tüchtiger Junge!«
empfing mich die Schwester mit Lob, als ich bei ihnen
ankam. »Du wirst aufpassen, ob nicht ein Stück Dung
herunterfällt«, ließ der Bruder von sich hören.
Ich schob mich in ihre Mitte, ging mit und paßte auf.
Aber kein Stück fiel herunter, was mich ein wenig ver-
droß. Doch war ich abgelenkt von ihrem Keuchen.
Zu Vaters Besonderheiten gehörte der Ehrgeiz, ständig
einen großen Haufen Dung neben der Jurte zu haben.
Kaum hatte man beim Umzug die Jurtenteile vom Rükken der Lasttiere heruntergeholt, entleerte er die Körbe
und schickte uns Kinder nach Dung.
»Wir werden doch sowieso nicht dazu kommen, den
Haufen alle zu machen, und wozu da noch die Kinder
schinden?« schimpfte Mutter mit ihm, wenn er uns wieder zum Dungsammeln aufrüstete. Vater antwortete ihr
da: »Soll doch was übrigbleiben! Andere, die hier vorbei-
ziehen, werden sich an ihm erfreuen und dankbar sein,
der ihn in der Steppe aufgelesen, gegen seinen Schweiß
herbeigetragen und so liebevoll aufgeschichtet hat. Denn,
wieso denkst du, ist das Sprichwort da: Wo die Jurte
eines Würdigen gestanden hat, bleibt ein Haufen Dung
zurück, und wo die eines Unwürdigen – ein Haufen
Scheiße?«
Großmutter gab Vater wieder recht, und Mutter mußte
schweigen. Onkel Sargaj, die Pfeife schon im Mund und
den Lawschak der Tante Buja um die Schultern, trat aus
seiner Jurte. Kaum machte er zehn Schritte, stellte er sich
mit gespreizten Beinen hin und pullerte. Dabei stand sein
Körper gerade und still, nur sein Kopf drehte sich; ich
wußte, er beobachtete die fernen Berge und den Himmel

darüber. Und so schien er uns, die wir einen Lassostrick entfernt bei ihm vorbeizogen, nicht zu sehen. Der Bruder mahnte mich in halblautem Ton: »Kucke nicht hin! Man tut es nicht, wenn sich Erwachsene erleichtern!« Ich versuchte mich zu rechtfertigen: »Hab doch nur auf die Pfeife geschaut!« Gehorchte aber sofort, hörte nun nur das helle Zischen vom Puller. Onkel Sargaj pullerte lange. Bei Vater dauerte es auch lange, noch länger eigentlich. Aber er ging weiter weg, und er stand auch nicht, er kniete sich nieder. Da hörte man es meistens nicht.

Großmutter stand am Dunghaufen und wartete auf uns. Sie bemerkte, daß die Körbe voll und die Dungstücke grauschimmernd, hart und trocken waren. Das war ein Lob für die Geschwister. Ich wollte sie auf mein Mittun aufmerksam machen: »Und ich habe aufgepaßt darauf, daß kein Stück herunterfiel, Großmutter!« »Sage ich dir doch!« kam sie mir entgegen. Ich sah das weiche Schmunzeln in der Mitte ihrer Oberlippe.

So begann der Tag.

Am Nachmittag erschien ein Darga am Rand der Steppe. Man erkannte ihn als solchen, noch bevor man der Sachen ansichtig wurde, die er anhatte, an seinem Sitz. Er saß im Sattel quer, auf dem einen Oberschenkel. Bald konnte man auch die Sachen erkennen. Es waren die Schirmmütze, die langen Stiefel und die Süngük, sie glänzten in der Sonne. Die Süngük aus dem Chromleder baumelte außerdem so an seiner Seite im Tempo des Pferdegalopps hin und her und erinnerte so an ein schwarzes Zicklein, das um den Pflock herum tobte und bockte.

Vor Dargas hatte man damals eine heilige Ehrfurcht, die mit der Zeit zu dem tötenden Kult ausartete, seltsamerweise überall dort, wo das Volk die Macht in die Hand genommen und seine eigene Ordnung errichtet hatte. So kam nun eine jähe Bewegung in das Leben im Ail: Die Männer, die sich bei der wiedergekehrten Wärme im Herbstlager nach den kühlen Tagen im Sommerlager des oberen Lawschakteils entledigt hatten, suchten nach den Ärmeln; die Frauen rafften die Gegenstände und Bekleidungsstücke, die im Laufe des Tages durcheinandergeraten waren und nun hier und da lagen, zusammen und legten sie dorthin, wohin sie gehörten, oder brachten sie dahin, wo ein Versteck war; die Kinder wurden nach Wasser und Dung geschickt und daran erinnert, sich die Nase zu putzen und vor dem Darga artig zu sein.

Den herannahenden Darga behielten die Ailleute und -hunde im Blick. Jener trieb das Pferd im Galopp an, indem er die Füße ununterbrochen hüpfen ließ und gleichzeitig auch die zur Faust geballte linke Hand, die die Zügel hielt; die für die Peitsche bestimmte Rechte ruhte, wieder zur Faust geballt, auf dem Oberschenkel, was das Fehlen der Peitsche fast zu verdecken und das mächtige Aussehen des Dargas um so mehr zu betonen schien; die Ailleute hasteten und hielten die Hunde durch Zurufe zurück, und diese, die sich schon erhoben hatten, schielten bald nach dem fremden Reiter, bald nach den eigenen Herren und zögerten.

Mit einem Mal riß einem der Hunde die Geduld, er warf die Schnauze hoch, stieß ein Gebell aus und machte einen kurzen Sprung, schon fielen die anderen in das Gebell ein und preschten darauf lärmend davon.

Das Pferd fiel vor den herbeistürzenden Hunden aus dem Galopp in den Schritt, der Reiter rutschte vom Oberschenkel auf das Gesäß in den Sattel und saß nun still und steif. Aber da seine Rechte, die Faust, immer noch dort blieb, wo sie gewesen war, war ihm das Aussehen eines Dargas wenigstens zu einer Hälfte erhalten.

Die Hunde schlugen zwar zuerst einen solchen Lärm, als wäre ein Feind nebenan, sie gebärdeten sich, das Pferd von allen Seiten anzuspringen und den Reiter aus dem Sattel herunterzuholen, aber dann taten sie es nicht nur nicht, ihr Getue wirkte auch immer weniger überzeugend, und zu guter Letzt, nachdem der Reiter den Hürdenrand überschritten hatte, gaben sie es gänzlich auf und blieben stehen, um wenig später auseinanderzugehen, ein jeder die Nähe der eigenen Jurte zu suchen und dort sich niederzulassen. Dies geschah unter Zurufen und dem bewachenden Blick der eigenen Leute.

Der Darga lenkte sein Pferd auf die fast schwarze Jurte von Onkel Sama zu, und was nun geschah, entsprach der damaligen Sitte, daß der Vertreter der Vollmacht die Nähe des ärmsten Teils aus dem Volk immer zu allererst suchte – entgegen der heutigen, die das Darga-Auto oder auch die -Kolonne, welche hin und wieder das Land heimsucht, immer mit der hellsten und größten der Jurte verbindet.

Onkel Sama, der jüngste Sohn des reichsten Mannes, hatte sich zu einem der Ärmsten gemacht, und das mußte für die Gedanken, die die damaligen Hirne der Mächtigen bevölkerten, einen ganzen Sack von Pluspunkten bedeutet haben.

Der Darga konnte an dem Tag noch nicht ahnen, daß aus der vermeintlichen Stütze des Volksstaates gar bald ein berüchtigter Händler und aus seiner Frau eine gefürchtete Schamanin werden würde. Nein, die beiden standen damals erst am Anfang ihres Gewerbes und führten ein ungeordnetes Leben. So waren sie tatsächlich arm und hatten mehr Kinder als Lämmer. Diese Feststellung stammte von Onkel Sargaj und stimmte nicht ganz, denn die kürzeste Höne bestand aus zwanzig Schlingen, und Onkel Sama und Tante Pürwü schafften insgesamt nur fünfzehn Kinder. Die galten von Anfang an als kinderreich, und ich habe den leisen Verdacht, daß die Unordnung, die in der Jurte herrschte, das Gefühl des Hereintretenden hinsichtlich der Anzahl der Kinder irgendwie verschärfte, denn man wird dabei an eine Höhle gedacht haben, in der es von glitschigen grauen Tierjungen wimmelte.

Nun standen alle benommen da, beobachteten und verfolgten das Tun und Benehmen des Dargas, während er ankam und vom Pferd stieg. Ich hatte schon so manchen Darga gesehen, dieser war ein besonders vornehmer, ein junger, hübscher Mensch. Aber da erschrak ich, und ich fühlte, der Schreck kam von außen, von dem Erwachsenen. Denn der Darga hatte keine Fuhrleine. Er schickte sich an, das Pferd mit den Zügeln an den Jurtengurt festzubinden. Was man dort nicht durfte, was jedem streng verboten war. Darauf erschrak man noch mehr. Denn Vater rief: »Halt! Junge! Halt das Pferd, bis ich komme!«

Der Ruf galt dem Darga. Die Frauen schienen erstarrt, sie standen gebückt jeweils über dem, was sie gerade verrichtet hatten, und dabei wanderte ihr Blick zwischen Vater, dem Ailoberhaupt, und dem Darga, den jener einen Jungen genannt hat, hin und her. Onkel Sama, der die ganze Zeit den Kopf aus der Tür herausgestreckt und

auf den vieren liegend den herannahenden Darga beob-
achtet hatte, war inzwischen über die Schwelle gekro-
chen und hockte nun mit einem zerlumpten Dshargak auf
den Schultern und mit einem vieldeutigen Lächeln auf
dem Gesicht und schielte mit seinen schrägen, schmalen
Augen nach allen Seiten.

Wir Kinder standen mit aufgesperrtem Mund und herun-
terhängenden Schultern, starrten die Erwachsenen an
und konnten sie und die Dinge nicht begreifen, die da
geschahen. Da trat Vater mit einer Lederleine, mit einer
von jenen, die er aus der Haut der Yakkuh Saasgan Ala
ausgeschnitten und in den Winterabenden weichgegerbt
hatte; und die nun samt den anderen Fuhrleinen, Lasso-
stricken und Dreifußfesseln in dem Hirschfellsack unterhalb der beiden Truhen im Dör aufbewahrt wurden. Die
Leine war anderthalb Klafter nach Vaters Armspanne,
fühlte sich samten und ständig warm an und strahlte dazu
einen gelben Schimmer aus.

Diese Leine nun wollte er *ihm* schenken! Wir wußten es,
noch bevor Vater bei dem Ankömmling mit dem fuhrleinenlosen Zaumzeug angekommen und darüber ein Wort
gefallen war. Denn zu den besonderen Eigenschaften Vaters gehörte noch, daß er Lederstücke verschenkte, die er
selber verarbeitet hat. Der Darga grüßte Vater auf mongolisch und kurz und bekam die Antwort in der gleichen
Sprache und in der gleichen Art, darauf aber mußte er
sich eine in Tuwinisch gehaltene, belehrend-tadelnde Erzählung anhören. Warum das und worum es dort gegangen war, hat man freilich erst Jahre später erfahren, aber
der Sinn davon sei hier vorgezogen:

Der Darga war eigentlich gar kein Darga, sondern ein
Lehrer, hieß Düktügbej und war Sohn des Dandisch aus

dem Stamm Hara-Sojan. Vater war in seinen jungen Jahren einmal mit seiner Pferdeherde vor einem Schnee geflüchtet, der tagaus tagein fiel und immer größere Weideflächen unter sich begrub. Am Ende der Flucht war er in das Land der Hara-Sojan-Leute geraten, und ihre Pferdehirten haben ihn, anstatt, wie gefürchtet, mit seiner ausgehungerten und erschöpften Herde davonzuweisen, freundlich aufgenommen und ihm angeboten, dort zu bleiben, solange die Weideflächen, die ihm gehörten, unter Schnee blieben. Und der Älteste der freundlichen Hirtenleute ist Dandisch gewesen. Später hat Vater, sooft er Gelegenheit fand, seine Nähe gesucht, in seiner Jurte übernachtet, mit seiner Familie aus einer Kanne Tee getrunken und aus einem Trog Fleisch gegessen und dabei seine Kinder auf dem Rücken getragen und sie manchmal auch auf seinem Pferd reiten lassen. Der Lehrer ist das älteste der Dandischkinder.

Dieser hörte sich nun errötend die Geschichte an und sah zu, wie Vater ihm die Zügel aus der Hand nahm, hochschlug und über den Sattelbug warf, darauf das eine Ende der Fuhrleine an den Trensenring festband und das andere an den Jurtengurt steckte.

Dann führte Vater den Lehrer in die Jurte, so, als ob der Jurtenherr, Onkel Sama, nicht zu Hause wäre. Dieser aber hockte immer noch da, wohin er sich bequemt hatte, immer noch in seinem zerlumpten Dachargak und nun wieder auf den vieren wie ein Kind, wie ein Hund, und musterte den Ankömmling von unten nach oben mit seinen winzigen, ohnehin listig-schrägen, zu zwei Strichen gezogenen Augen und mit dem blöd-schlauen Lächeln auf dem Gesicht, auf dem sich zwei braune Schweißspuren herunterzogen.

Der Lehrer grüßte ihn, nun schon auf tuwinisch, aber der
Onkel erwiderte ihm den Gruß auf mongolisch, oder so,
was mongolisch sein sollte, und zog dabei eine Fratze, die
er sonst machte, wenn er die Tante in eine neue Runde
Streit hineinziehen wollte.

Was dann geschah, erfuhren wir Kinder wieder erst später, denn so sehr wir uns in der Nähe der Jurte aufhielten
und sooft wir uns auch an der offenen Tür vorbeischli-
chen, mußten wir uns nur noch mit uns unverständlichen
Fetzen von dem Gespräch begnügen, das in der Jurte ge-
führt wurde. Und es war ein aufregendes Gespräch;
immer wieder kamen darin die Namen von Kindern aus
unserem Ail vor. Was unsere Lüste natürlich steigerte,
und wer dachte da schon ans Spielen, geschweige denn an
die Kälber, die beaufsichtigt werden sollten! Doch leider,
doch leider, denn der Darga (wir hielten ihn immer noch
für einen solchen, und unsere Nasen waren so sauber, wie
sie selbst vom Marschall gesehen werden konnten), ja,
der Darga überschwappte immer wieder ins Mongolische, wenn seine Stimme laut wurde.

Wie wir später erfuhren, war er ein Volkslehrer und war
dabei, die Kinder für die Schule zu sammeln. In der Süngük, in jener Chromledertasche, die an einem glänzenden
Riemen quer um seine Schultern herabhing und an seinem rechten Oberschenkel baumelte, trug er die Namen
aller tuwinischen Kinder, die nach dem Schätzen der
Dargas im Sumunzentrum das achte Lebensjahr erreicht
haben könnten.

Aus unserem Ail waren sechs Namen mit dabei, drei davon waren Samakinder. Marshaa, Dshanik und Tögerik.
Die ersten beiden waren schon groß: Jemand hatte schon
um Marshaa geworben als Braut für seinen Sohn, und

Dshanik, der künftige Sumun-Elefant, gehörte längst zu denen, die bei den Umzügen die Ochsen beluden. Aber sie hatten bis vor einem Jahr als siebenjährig gegolten nebst ihrer jüngeren Schwester, die tatsächlich sieben Jahre alt gewesen sein mochte. Und so war es verständlich, daß alle drei gleichzeitig als Schulanfänger verlangt wurden. Nun gab Onkel Sama die Braut und den Ringer mit einem Mal als überjährig für die Schule aus, während sein drittes Kind abermals siebenjährig blieb. Der Lehrer mochte tun, was er konnte, doch nichts half.

Die nächsten beiden Kinder waren von der Tante Buja: die Gökbasch und der Sambyy. Ihr Vater, Onkel Sargaj, der den Mann mit der Süngük und somit den Vertreter des Staates erst vor seiner eigenen Jurte, dann in Onkel Samas Jurte stramm stehend und mit tief verneigtem Kopf zweimal begrüßt hatte und diese seine Ehrfurcht durch sein gebrochenes Mongolisch und seine angezündet dargebrachte Messingpfeife zu betonen wußte, kam ihm nun in allem willig entgegen.

»Selbstverständlich werden beide Kinder zur Schule kommen!« sagte er und nickte dabei ununterbrochen mit dem Kopf.

»Aber auch das letzte Mal haben Sie sich so willig gezeigt dem Sumunvertreter und dem Volkslehrer gegenüber!?« gab ihm der Mensch zu bedenken, der nun selber das darstellte, was er soeben genannt hatte.

»Aber den Jungen, den Genossen Sambyy, hab ich doch zur Schule gegeben, Genosse Sumunvertreter und Volkslehrer!«

»Aber das Mädchen, die Genossin Gökbasch, haben Sie nicht zur Schule gegeben, Genosse Sargaj!«

»Das stimmt, Genosse Sumunvertreter und Volkslehrer!

Doch das war voriges Jahr. Und damals war das revolutionäre Bewußtsein der Araten, deren einer ich bin, Genosse, noch nicht so hoch wie heuer. Doch inzwischen hat es sich mächtig gesteigert. Das steht in der Zeitung geschrieben, ich habe mit eigenen Ohren gehört, wie man es verlas, Genosse Darga Sumunvertreter und Volkslehrer!«

»Gut, denn nun. Ich traue Ihnen, Genosse Arate. Außerdem spricht man noch davon, daß Sie der Partei beitreten möchten?«

»Das stimmt, Genosse Darga Sumunvertreter und Volkslehrer! So wahr ich ein ungebildeter Arate bin, so spüre ich doch ein glühend revolutionäres Herz in mir hämmern, und ich zweifle nicht im leisesten daran, daß der große, weise Vater Genosse Marschall Tschoibalsan und seine treuen Söhne und Schüler, die Genossen Dargas, im Sumun diesen ehrlichen Wunsch des einfachen Araten, der ich bin, erkennen werden!«

So oder ähnlich dauerte das Zwiegespräch zwischen dem Sumunvertreter und dem Araten. Dann wandte sich der Lehrer an Vater: »Ihre Tochter –« Aber dieser eilte ihm entgegen: »Ja, Tochter Torlaa ist acht Jahre alt, das stimmt. Und sie wird auch an dem genannten Tag in der Schule sein!«

»Nehmen Sie sich doch, Genosse, an Ihrem älteren Bruder ein Beispiel!« wandte sich der erfreute Lehrer an Onkel Sama. Dieser jedoch hatte für ein derartiges Wort nur ein kleines, unmißverständliches Lächeln übrig. Auch Onkel Sargaj, der glühende Parteikandidat, belohnte Vater, seinen Schwager, für seine aufrechten Worte nur mit einem Lächeln.

Da blickte sich der Lehrer ernüchtert in der Runde um

und wandte sich erneut an Vater: »Von sechs Kindern, die aus Euerm Ail zur Schule müssen, habe ich nur die Hälfte. Wären es wenigstens viere gewesen! Sagen Sie doch, Aga, was soll ich tun? Was soll ich den Dargas bloß sagen, wenn ich zurückkomme?!«

»Noch eins brauchst du also?« fragte ihn Vater, anstatt ihm eine Antwort zu geben.

»Ja, eines. Wenigstens eines!«

»Nimm dann meinen Jungen auch dazu.«

»Aber Aga?!«

»Er ist erst sieben. Aber was soll mit dem einen Jahr? Gleich ist doch, ob er dieses Jahr hinkommt oder nächstes Jahr!«

Mutter, die schon vorher zusammengefahren war, kam erst jetzt dazu auszurufen: »Du willst auch den Galkaan weggeben? Unmöglich!« »Du schweigst hier!« schnauzte Vater sie an und befahl dem Dandisch-Sohn: »Schreib dir den Namen auf. Galkaan heißt er, Galkaan des Schynyk-baj!«

Darauf stand er auf und verließ die Jurte. Auch der Lehrer stand auf, verließ den Ail. Aber er ließ einen Streit zurück. Auf der einen Seite des Streits stand Vater allein, auf der anderen häuften sich sämtliche Erwachsene im Ail. Nur Großmutter überlegte, wie man es ihr ansah. Erst dann, als man sich zur Nachtruh rüstete, meldete sie sich zu Wort: »Du hättest dich, Schynyk, bei einer solchen Sache vorher mit deiner Frau beraten sollen«, sagte sie, und im selben Atemzug wandte sie sich an Mutter, die sich bei dem Wort so siegesbewußt umgeblickt hatte: »Und du, Balsyng, mußt wissen, daß deine Tochter es einfacher haben wird, wenn sie den Bruder in der Nähe wissen kann. Und früher ist immer besser als später, mußt du dir merken. Dein Mann wird an solche Sachen gedacht haben.«

Aber vorher, als es noch nicht soweit war, sprachen sich alle gegen Vater aus. Nur, versteht sich, sie taten es hinter seinem Rücken. Onkel Sama nannte seinen älteren Bruder einen Alten, der vor Alter kindisch geworden wäre. Tante Pürwü sprach von einem schweren Frühjahr, das bevorstünde und gerade dort, wo viele Menschen versammelt wären, schwere Opfer verlange. Tante Galdarak meinte, ein Kind von sieben Jahren wäre nicht imstande, etwas zu lernen, und es würde außerdem vor Heimweh eingehen. Selbst bei den Halhaleuten, die bestimmt klüger und mutiger als wir wären, gingen die Kinder erst mit acht Jahren zur Schule.

Onkel Sargaj nannte Vater, den älteren Bruder seiner Frau, einen Menschen, der es nicht verstünde, in der neuen Zeit zu leben. Diese neue Zeit bestünde nicht wie bisher auf Dingen, sondern auf dem Geist. Und da gälte das Wort mehr als die Tat. Tante Buja meinte nichts anderes, als alle anderen meinten, sie war ein Mensch ohne eigene Meinung. Dafür war ihr alles recht, was die anderen sagten. Sie trug die Worte mundwarm von einem zum anderen, und was sie an dem Tag im Munde führte, richtete sich gegen ihren älteren Bruder, vor dem sie sich eigentlich schlimmer fürchtete als ein Kind vor dem eigenen Vater.

Das Kindervolk versammelte sich hier und da. Das Gespräch drehte sich um den fuhrleinenlosen Reiter, der zwar kein Darga gewesen ist, aber fast so vornehm und mächtig wie ein Darga. Und da dieser ein Volkslehrer gewesen ist, drehte sich das Gespräch auch um die Schule und um das, was meinen beiden Geschwistern, der Gökbasch und dem Sambyy, bevorstand.

»Sie werden zur Schule gehen!« sagte man mit Erschütterung, konnte sich jedoch nicht vorstellen, was das zu bedeuten hatte. Die vier, die es betraf, wurden von allen Seiten mit Neid, aber auch Mitleid angesehen. Und sie selber benahmen sich unterschiedlich. Schwester Torlaa konnte und wollte ihre Freude nicht verbergen, sie sagte lauthals: »Ich werde Lehrerin, während ihr, die ihr ohne Schule auf dem Land bleibt, bis ins Greisenalter hinein Schafe hüten und Dung sammeln werdet.«

Bruder Galkaan sagte nichts. In sich gekehrt blickte er auf die Welt. Keiner konnte wissen, was sich dahinter verbarg. Ich, der ich ihn fast besser kenne als mich selbst, aber nehme an, er dachte an nichts, ihm war gleich, was kommen würde. Vetter Sambyy hatte schon das letzte Jahr die Schule besucht, gab nun an: »Denkt ihr etwa, mich könnt ihr mit der Schule abschrecken? Nein, das ist doch etwas Schönes, da man dort weder Schafe zu hüten noch Dung zu sammeln braucht und so vornehm aufgehoben ist, daß man selbst beim Scheißen auf zwei Brettern hockt. Lernen. Ach wo – was im Kopf sitzenbleibt, kann es ja, aber was nicht, ist verflogen. Man zeigt dem Lehrer einfach, daß man zu dumm ist für die Schule. Hat man dies gekonnt, wird man nach vier Jahren entlassen!«

Vetterin Gökbasch wollte von der Schule nichts wissen. »Werdet sehen!« sagte sie mit zusammengeschnürten Lippen. »Ich werde einfach nicht hingehen, werde sagen, ich habe die Freiheit, alle haben die Freiheit, es ist die neue Zeit! Die Zeit des Pidilism, wo einer gezwungen wurde, ist vorbei!«

Gökbasch hielt Wort. Anstatt sich zur Schule zwingen zu lassen, heiratete sie. Das tat sie, versteht sich, aus freien

Stücken. Der Bräutigam war ein Darga aus dem Aimak. Er sprach kein Tuwinisch, sie war der mongolischen Sprache nicht mächtig. Aber sie wollte seine Sprache lernen, und sie lernte sie auch. Denn sie lebte mit ihrem Darga im Aimakzentrum. Manchmal kamen Geschenke von ihr, Süßigkeiten, aber keine Zuckerklumpen etwa, nein, bunte duftende Bonbons in knisterndes Papier eingewickelt, immer zwei Stücke. Also gedachte die liebe Vetterin, die vornehme Dargafrau im Aimak, auch meiner? Oder war das Tante Buja, die ihrem Bruder gegenüber ein schlechtes Gewissen haben mußte? Aber dann endete die Geschichte schlecht für sie, die es bis auf eine Dargafrau gebracht hat. Sie starb bei der Geburt ihres Erstlingskindes.

Auch Onkel Sargaj kam nicht dazu, die Früchte der ihm so sehr zusagenden neuen Zeit voll auszukosten. Er starb schon im Winter darauf. Eine Blinddarmentzündung war die Ursache seines Todes.

Von jenem Tag an veränderte sich alles Leben und Treiben im Ail. Die Verwandten mieden unsere Jurte. Auch draußen in der Hürde gab es nicht mehr die innigen Gespräche, die Mutter mit den Tanten führte, und die lauten Gelächter dazu. Onkel Sargajs und Samas Bemerkungen wurden noch spitzer. Sie trafen nicht nur Vater, nun auch uns Kinder, selbst mich. Etwa: »Na, Kleiner! Möchtest auch du dich zu einem Gehalt hochquälen?« In dem Augenblick begriff ich nicht, was Gehalt war und was ich damit zu tun hatte, spürte aber den Hohn, den die Bemerkung enthielt.

Ich fragte Großmutter. Sie erklärte mir: Es war das Geld, das in der alten Zeit der Beg und seine Beamten, in der neuen Zeit die Dargas und die Lehrer vom Staat erhielten und von dem sie wohl auch lebten. Nicht schlecht fand ich das. Denn das Geld, diese bunten viereckigen Papierstücke, stellten was Wertvolles dar. Ich sah doch, wie sorgsam Vater mit ihnen umging. Und wie achtungsvoll Mutter auf sie schaute, ja, ich spürte sogar ihre Neugierde, die Dinger einmal in der Hand zu halten. Aber Vater gab sie ihr nicht, er gab sie niemals aus der Hand. Und ich hörte, daß man es gegen alles tauschen könne. Das Geld war knapp in unserer Familie. Man sah es nur, wenn Vater frühjahrs die Schaf- und Yakherden weggebracht hatte. Es hieß, sie würden zur russischen Grenze getrieben und dann von den Russen geschlachtet. Davon wohl muß auch das Schimpfwort kommen, das man gegenüber Tieren verwendete: »Du, daß du dem roten Russen in den Arsch gestopft werden mögest!« Die Papierstücke, die man für eine lärmende Herde von Schafen und Yaks bekommen hatte und die nicht einmal eine Hand füllten, verwandelten sich nach und nach in Mehl, Reis, Salz, Ziegeltee, Kerze, Blei, Schießpulver, Zünder und ähnliches. Und wenn keines mehr übriggeblieben war und dennoch etwas gebraucht wurde, dann verkaufte Vater ein Schaf oder eine Yakkuh. Die Kasachen nahmen sie. Sie hatten Geld. Sie schlugen die Wälder, machten Flöße und brachten die Lärchenstämme weg, sie tauschten sie dann im Aimak gegen die Papierstücke. Kein Tuwiner ging an eine Lärche mit Beil oder Säge heran, es sei denn, sie war umgefallen. Aber die Kasachen sägten oder schlugen sie ab, wo sie sie fanden.

Nun, wenn ich dieses Gehalt hätte? Und ich im Besitz vieler bunter Papierstücke wäre? Ich würde mich freuen. Ich würde sie alle den Erwachsenen geben, vor allem Mutter, damit auch sie welche in der Hand halten und vielleicht gegen etwas tauschen könnte, was sie gern gehabt hätte. Aber auch Vater würde ich welches geben, damit er keine Herde wegtrieb, um sie von den Russen schlachten zu lassen, und kein Schaf und keine Yakkuh den Kasachen anbot, um dafür ein oder zwei Stück, manchmal auch etwas mehr, von diesem bunten Papier zu bekommen.

Die Reibereien im Ail, die es auch früher gegeben hatte, nahmen zu. Sie zeigten sich am deutlichsten zwischen uns Kindern beim An- und Abknöpfen der Lämmer und Zicklein.

Wir, meine Geschwister und ich, hörten auf, den Kindern unserer Verwandten zu helfen, wenn sie mit ihrer einzigen Höne wieder nicht fertigwurden. Und das erboste sie, sie hänselten uns; die Teufelin Torlaa wußte auf ein böses Wort noch böser zu antworten. Der Wortwechsel wurde von Tag zu Tag heftiger.

Tante Buja war hellhörig, auch früher hatte sie selbst in unser Spiel eingegriffen, nun war sie erst recht bereit, in so einen Wortwechsel einzugreifen.

»Die Kulaken!« sagte sie bei so einem Eingriff. Mit Schwester Torlaa durfte man sich auf so was nicht einlassen, so entflammte sie: »Es hat hierzulande nur einen Kulaken gegeben, und der ist tot, soviel ich weiß.« Sie meinte ihren eigenen Vater, der der reichste Mann in unserer Ecke gewesen war. Übrigens hörten wir dieses Wort, ein Schimpfwort, nicht zum ersten Mal. Jeder, der etwas gegen uns hatte, konnte jederzeit zu uns kommen und es zu uns sagen oder auch brüllen. Und der, der es tat, bekam nie eine Antwort darauf: weder Vater noch Mutter noch Großmutter durften sich eine Antwort leisten. Aber die Torlaa, was Rebhühnchen bedeutete, doch es nicht war, kannte keine Hemmung, sie ging weiter: »Sprich nicht von Kulaken, weil es sie nicht mehr gibt, sprich lieber von Dshelbegen, von welchen es ringsum wimmelt!« Die Tante war auf so etwas nicht vorbereitet, sie fuhr wie gestochen hoch: »Meinst du damit *uns*, ah?« Die Torlaa, die am besten Mys, Kratzkätzchen, geheißen hätte, zischte: »Wen denn sonst? Oder willst du etwa wagen zu behaupten, keine zu sein, wo du deine Mitgift, den Reichtum deines Vaters, verschlungen hast wie eine Dshelbege und aus Scham und Neid nun auf solche Gift ausspuckst, die es nicht dir gleich getan haben!«

Nun fuhr die Tante nicht nur hoch, sie schrie auf und rannte auf unsere Jurte zu, indem sie in einem fort schrie: »Eure Torlaa, eure Tochter, hat mich beleidigt! Ich werde euch dem Gericht anzeigen, anzeigen! Aaah! Ihii-ih!« Allein darauf, als sie die Jurte fast erreicht hatte, machte sie kehrt, obwohl sie weiterkreischte. Bruder Galkaan sagte zu Schwester Torlaa: »Nun paß auf, Mutter wird dich verdreschen, Vater vielleicht auch!« In seiner Stimme erklang Mitleid. Schwester Torlaa aber brauste: »Sollen sie doch. Ich werde auch sterbend das sagen dürfen, was mir richtig dünkt!«

Die Tante schien sich zu beruhigen, nachdem sie einen Kreis um die Hürde gerannt war. Die Schwester blieb unversehrt, wurde lediglich gemahnt: »Einem Kinde steht nicht zu, sich mit erwachsenen Menschen zu streiten!«

Die Tanten, die vorher am Tage mehrmals bei uns einkehrten und mit Mutter plaudernd Tee getrunken haben, hörten auf, unsere Schwelle zu betreten. Aber um so öfter waren sie unter sich zusammen, mal in der einen und mal in der anderen Jurte, und sie tranken den Tee unter lautestem Gelächter. Und die Onkel, wenn sie nicht gerade schliefen, schlichen jenen nach und beteiligten sich an ihren Gesprächen wie auch an dem Tee. Kamen wir dorthin, wo sie sich versammelt hatten, merkten wir, sie sprachen von was anderem, oder sie sprachen, so daß wir es nicht verstehen konnten. Aber wir verstanden vieles. In dieser Zeit verlief in unserer Jurte das Gegengespräch. Mutter führte es, und Großmutter beteiligte sich daran.

Mutter nannte die Verwandten dumme Geschöpfe mit verdrehten Köpfen. Großmutter hörte solchen Worten mit Kopfschütteln zu und sprach von Zeiten, die vergehen, und von Krankheiten, die heilen würden.

Vater hatte keine Zeit, solchen Gesprächen zuzuhören. Schnappte er jedoch einen Zipfel davon, dann hatte er nur eine höhnische Bemerkung wie diese übrig: »Ohne Vieh, ohne Fleisch und Milch – wovon werden sich dann die Purultaren ernähren? Von Geschwätzen wohl?«

Purultaren – das war eines der Modewörter, deren sich Onkel Sargaj und Onkel Sama neuerdings bedienten. Sie bezeichneten sich als solche und meinten damit, Proletarier zu sein. Da hieß es, Onkel Sargaj würde wegziehen und sich im Sumunzentrum niederlassen. Dies geschähe wegen der Kinder, die zur Schule gingen. Sambyy, der das erste Schuljahr im Internat verbracht hat, hätte Heimweh gelitten und gesagt, diesmal würde er nur dann mitmachen, wenn seine Eltern ins Zentrum mitkämen. Und Gökbasch könnte sich zur Schule vielleicht doch noch überreden lassen, wenn die elterliche Jurte nebenan stünde und sie wüßte, sie könnte, sooft es sie danach verlangte, nach Hause gehen. Und eines Morgens brachte Onkel Sargaj vier Kamele, die er bei Kasachen ausgeliehen hatte gegen ein weibliches Lamm, und die Jurte wurde aufgeladen. Auf den Schimmel, der von früh bis spät unterm Sattel zu stehen pflegte, setzten sich Tante Buja und Munzuk, das jüngste der Kinder. Alle anderen gingen den beladenen Kamelen zu Fuß hinterher.

Das Vieh überließen sie Onkel Sama. »Das ist ja Wahnsinn. Nun werden sie im heißen Herbst schon milchlosen Tee trinken! Frag sie doch, ob sie nicht den Rappen wenigstens zum Reiten dazunehmen möchten?« sagte Mutter zu Vater. Dieser jedoch lachte höhnisch: »Wen es nach der Armut lechzt, der soll sie auch auskosten!«

Bisher war es so gewesen, daß Familien, die wegzogen, am Vortag die Zurückbleibenden zu einem Tee einluden und es am letzten Tag, spätestens zum Frühtee, zu einer Gegenbewirtung kam.

Nun blieb bei Onkel Sargaj all das weg. »Eine seltsame Zeit«, äußerte sich dazu Großmutter.

Wenig später hieß es weiter, nun würden auch Onkel Sama und Tante Galdarak in den Sumun gehen und dort seßhaft werden. Ja, so hieß es damals und klang in den Ohren vieler Menschen so fortschrittlich wie später »die Wirtschaften kollektivieren« und noch später »den Sozialismus voll aufbauen«. Aber sie würden erst mit dem Einbruch des Winters dort hinziehen, und so standen die Jurten noch da. »Und was soll aus euerm Vieh werden?« schrie Vater, als er davon hörte, zu Onkel Sama hinüber, der vor einer Jurte lag und sich sonnte.

»Gegen Bezahlung von Kasachen verwalten lassen«, war die Antwort, die herüberkam. Vater griff nach dem Hundenapf, der vor ihm lag, und schleuderte ihn davon. Der

Espenholznapf flog über die Dshele, über den Aschhau-
fen, zersprang beim Landen und fiel in zwei Teile auseinander. Bruder Galkaan holte ihn zurück, und wir sahen,
daß er in der Mitte zersprungen war. Vater hatte keine
Zeit, ihn wieder zusammenzuleimen. Er schwang sich
auf den Sattel und ließ den Rappen so jäh davontraben,
daß wir, wenn wir es ihm gleichgetan, bestimmt eine
Rüge bekommen hätten.

Tatsächlich hatte Vater in den Tagen wenig Zeit. Die Vorbereitungen auf den Winter mußten getroffen werden.
Soeben hatte er die Hürden in den Gyschtag entmistet
und die Mistfladen als Brennmittel für den Winter ordentlich aufgeschichtet. Nun mähte er in Sara Ortuluk
Heu. Dies war eine Insel, wo sich die beiden großen
Flüsse trafen. Er ritt morgens vor Sonnenaufgang weg
und kam abends erst nach Sonnenuntergang zurück. Eines Tages nahm er die beiden Geschwister mit. Sie sollten
ihm beim Sammeln von gemähtem Heu helfen. Ich aber
sollte zu Hause bleiben und mich um die Lämmer und
Kälber kümmern. Ich tat es, kam den ganzen Tag nicht
zur Ruh. Auch Großmutter und Mutter hatten wie seit
Tagen alle Hände voll zu tun. Sie nähten an den Schul-
sachen der beiden Geschwister. Es waren je ein wattierter
Lawaschak und ein Ütschü. Und jeder bekam eine Süngük – ja, ja, die Umhängetasche, aber nur aus Stoff, und
er hatte einen roten Fünfstern in der Mitte der oberen
Seite. Schwester Torlaas Sachen waren alle in Grün, während Bruder Galkaans alle in Blau waren. So war damals
die Schuluniform. Dann wurden auch die Stiefel der
beiden besohlt, selbst die Unterlagen aus Filz wurden
erneuert.

Die Heusammler kamen erst bei Einbruch der Finsternis.

Die Geschwister waren begeistert, erzählten viel Schönes. Ich hatte nichts Neues zu berichten. Der Tag ohne sie war lang gewesen. Den nächsten Tag blieb auch Vater zu Hause und klopfte zwei Schaffelle aus. Er tat es so lange, bis den Fellen die festgedrückten Haare wieder auseinanderflogen und aufrecht standen wie bei einem soeben geschlachteten Tier. Dann rollte er die Felle zusammen und steckte sie in den Reisesack, in den später die beiden Felltone, die beiden Schultaschen und die Unterwäsche zum Wechseln kamen.

Denn dieser Tag war der letzte. Es geschahen Dinge, die ich bisher nicht gesehen hatte: Vater sägte aus einem Ziegenbockhorn einen Kamm. Mit diesem sollte sich Schwester Torlaa die Mähne kämmen, die ihr den Scheitel bedeckte und in die Stirn fiel. Darauf schnitzte er aus einem Stück Weidenholz zwei Stäbchen, die er mit einem Stück glühenden Drahts längs in der Mitte aushöhlte und das Rohrloch mit siedendem Blei begoß. So wurden Bleistifte hergestellt.

Der nächste Morgen war seltsam. Mich beschlich das Gefühl, mit jedem neuen Kleidungsstück, in welches die Geschwister schlüpften, hörten sie auf, das zu sein, was sie mir bisher gewesen waren. Schließlich standen alle beide in ihren neuen Sachen bis zur Stummheit eingeschüchtert vor den Erwachsenen. Auch die Verwandten waren wieder vor unserer Jurte versammelt, um die Scheidenden zu beriechen und zu beküssen.

Die Geschwister saßen auf einem Pferd, Schwester Torlaa vorn im Sattel und Bruder Galkaan hinten auf dem Sack mit den Fellen und dem Ton, sie saßen wort- und willenlos; es war das Pferd, das dem Vorreiter folgen würde.

Das Kindervolk begleitete die Wegreitenden bis zur Fuhrt, es ritt nebenher. Bruder Galkaan, der die ganze Zeit geschwiegen und verlegen auf den Rücken der Schwester gestarrt hatte, rief mit einem Mal: »Dshuruku-waa, kehr zurück!«

Die Fuhrt war noch nicht erreicht, doch ich gehorchte und blieb stehen. Die anderen Kinder galoppierten weiter, sie wollten erst am Fluß kehrtmachen. Als sie dann zurückkamen, war ich längst auf dem Rückweg. Sie holten mich ein, ich ließ mich überholen.

An dem Morgen kam ein Regen von den Bergen im Norden. Er peitschte hastig auf die Jurten, die Wiesen und den Fluß ein und entfernte sich bald. Gleich darauf schien die Sonne, warm und lang fiel der Tag aus. Warm war der Herbst, und er währte lange. Vieles ereignete sich. Aber mir kam vor, der warme, lange, ereignisreiche Herbst war umsonst, und er verschwendete sich sinnlos.

Abschied

Endlich war der Winter da. Und mir war recht, daß er da war und unsere Jurte sich wieder in die vertraute Einsamkeit zurückziehen konnte. Dies vielleicht auch deswegen, da mir neuerdings alle einredeten, daß ich schon ein großer Junge sei und nun zeigen müßte, ob ich meine Herde selber hüten könne.

Klar, dachte ich bei solchen Worten, ich kann meine Herde selber hüten und meine Großmutter selber pflegen. Nur brauchte ich dann eine eigene Jurte; eine große, weiße und innen mit vielen hübschen Gegenständen ausgestattete Jurte, eine Palastjurte!

Die Hendshe fielen mir zu. Sie bestanden nicht nur aus Spätlingen, sondern auch aus Lämmern, die hin und wieder geboren wurden, und ausgewachsenen Tieren, die aus verschiedenen Gründen nicht mit der großen Herde auf die ferne Weide gehen konnten.

Morgens, wenn die große Herde die Hürde verlassen hatte und der Sicht entschwunden war, trieb ich die meine auf die Weide. Die große Herde ging bergauf, auf den Gebirgskamm, die Hendshe kamen dagegen bergab, in die windgeschützten Falten der Berge. Vorher aber mußte die eine Hälfte der Herde der Höne entbunden, und die Lämmer und Zicklein mußten Stück für Stück aus der Jurte hinaufgeführt werden, damit sie darin nicht herumliefen und womöglich Schaden anrichteten, wäh-

rend es für die andere Hälfte genügte, lediglich die Tür
der Gükpek aufzusperren, denn die Tiere lagen darin frei,
und nun kamen sie von selbst heraus.

Der Wintertag, der den Erwachsenen kurz erschien, war
für mich lang, unendlich lang. Ich sollte nicht spielen,
sondern die Herde lenken und zur Weide leiten, den Wind
und die Sonne, die Gräser und das, wie sich die Tiere zu
diesen verhielten und wie sich ein jedes der Tiere benahm, beobachten. Auch galt es, vor Wölfen und Adlern
auf der Hut zu sein. Sollten welche auftauchen, so durfte
ich mich nicht fürchten, dafür aber meinen Hirtenstock,
den ich wie ein Gewehr um die Schultern trug, schnell
herunternehmen, ihn nach ihnen richten, einen Knall abgeben und laut schreien. Der Wintertag war nicht nur
lang. Er war vor allem kalt. Es froren vor allem das Gesicht und die Hände. Seltsamerweise zogen die Menschen
in den Bergen keine Handschuhe an, es gab sie nicht.
Dafür waren die Ärmel lang; Scharfkantiges und Kaltes
wie Heißes, alles, was sich mit der nackten Haut nicht
anfassen ließ, faßte man durch diese an. Nur die Spiel-
sachen, die aus rauhreifüberzogenen Steinen bestanden,
mußten mit der Hand angefaßt, mit der Haut befühlt
werden, damit sie sich belebten und zu Menschen und
Tieren, Jurtenutensilien und noch anderen Gegenständen
verwandeln konnten.

Davon wurden die Hände kalt. Aber was machte das!
Dafür hatte man sich davon wieder überzeugt, was einem
alles zur Verfügung stand und wie angenehm einem davon das Leben wurde. Und dann hatte man auch seinen
Glühstein, den man wie einen kleinen Herd, wie eine
winzige Sonne im Brustlatz trug und jederzeit mit der
frierenden Hand anfassen und sie so daran anwärmen

konnte. An dem Glühstein erwärmte sich die rechte Hand, die in den Brustlatz gelangen konnte, und diese übertrug dann die Wärme auf die linke und das Gesicht.

Der Stein war von der Größe und Form eines Pferdeapfels, war glatt und schwarzviolett, er wurde morgens in der Glühasche vorgewärmt. Die Hitze blieb in ihm lange, selbst abends, wenn ich nach Hause kam, ihn herausholte und weglegte, faßte er sich immer noch lauwarm an.

Mein Hund Arsylang empfing mich morgens, wenn ich in die Welt hinaustrat, die an mir ermessen unermeßlich gewaltig war und geheimnisvoll vor mir dalag, und er war es, der mich abends aus der Welt der Geheimnisse und der Gefahren wohlbehalten zu der beschützenden Jurte der Eltern zurückbrachte. Morgens galt es, der Herde vorauszueilen, und abends, ihr nachzugehen. Das war die erste Regel, die ein jeder zu beachten hatte, um jede Gefahr, die der Herde lauerte, auf sich zu nehmen. Aber da paßte Arsylang auf mich auf: Morgens lief er mir vor und abends hinter mir her.

Er hockte neben mir und sah mir zu, wenn ich spielte. Ich wollte, daß er mitspielte, aber er begriff es nicht, so klug er auch war, daß die Schafe und Ziegen von den Yaks und Pferden getrennt gehalten werden mußten, oder auch, wieso die Jurte rund zu sein und der Herd in ihrer Mitte zu stehen hatte. Darum tadelte ich ihn hin und wieder, schubste ihn manchmal auch an den Hals, tröstete ihn darauf aber wieder, wenn ich in seinen grünlich braunen Augen so etwas wie Spuren von Schuldgefühl und hilfloser Trauer zu sehen glaubte. Da hörte ich auf mit dem alleinigen Spiel, spielte mit ihm andere Spiele, solche, die

er konnte: Wir hüpften und rannten, rangen und wälzten
uns auf Schnee, wobei immer erst ich müde wurde. Da
gaben wir auch dieses Spiel auf und beschäftigten uns mit
der Herde. Da war Arsylang flink, war die Klugheit
selbst. So zeigte er der Herde, wie sie zu gehen hatte.
Manchmal bestrafte er ein Zicklein, das, anstatt sich satt-
zufressen, auf Felsen geklettert war oder sich sonstwelche
Dummheiten erlaubt hatte. Die Strafen waren verschie-
den, die leichteste bestand aus einem kleinen Schreck,
den der Ordnungsverletzer eingejagt bekam, und die härteste, daß der Hund demjenigen so lange nachjagte, bis er
zusammenbrach. Doch diese Art Strafe geschah ausschließlich auf meinen Willen, und ich kann schwören,
daß Arsylangs Gebiß keinem Tier aus der Herde bis ins
Fleisch eingedrungen ist. An windstillen Sonnentagen
gingen wir hoch bis auf den Doora Hara. Von dort aus
war alles sichtbar wie auf der Handfläche: Die großen
Flüsse, die nun in Eis und Schnee lagen und an manchen
Stellen glänzten; die Ails am diesseitigen Ufer des Ak-
Hem; Tewe-Mojun, der Kamelhals, Saryg-Höl, der
Gelbe See, beides Werke des Riesen Sardakpan; die sechs
Gehöfte der Kasachen, die in gleichmäßigen Abständen
entlang des linken Ufers des Homdu lagen und fast un-
unterbrochen qualmten; hinter Ak-Hem und am rechten
Ufer des Homdu das Zentrum des Ak-Hem-Sumuns,
des Sumuns der Kasachen; das Gebüsch, das bei Dshedi-
Geshig begann und weiterging entlang des Homdu, bis
es in der Schlucht zwischen den beiden Gebirgskämmen
Ortaa-Syn und Borgasun verschwand; das Zentrum des
Sengil-Sumun, des Sumuns der Tuwiner, und die Berge
dahinten, der Harlyg Haarakan, der große blau-weiße
Schneegipfel vor allem.

Ich bin nur bei der kleineren Hälfte dieser Orte gewesen, kannte aber alle beim Namen und wußte ziemlich genau, wo was war und wer wo wohnte. Und das kam daher, daß Großmutter ein gutes Gedächtnis und im Unterschied zu Mutter die Geduld hatte, auf jede meiner Fragen zu antworten.

Der Sumun, womit immer das Zentrum des Sumuns der Tuwiner gemeint war, lag mir am nächsten am Herzen. So hielt ich nach ihm am öftesten und längsten Ausschau. Ich vermochte die Häuser eines nach dem anderen auszumachen, sie voneinander zu unterscheiden, und glaubte sogar die Jurten abzählen zu können, die am Rande der Häuser, gleich einer auseinandergescheuchten Herde, hier und da standen. Sie zeichneten sich auf der braunen Steppe ab und schimmerten herüber. Manchmal sah ich ein Auto fahren. Es schleifte einen weißen Staubfaden hinter sich her, der oft zu einer Wolke wuchs. Manchmal aber brach er ab; der Faden schwoll an, ging in einen Nebelschleier über, der immer größer und blasser wurde, bis nichts mehr zu sehen war. Damals war mir das Ding, das ich soeben Auto genannt habe, als Schietscheeng bekannt.

Ich sah verständnislos, aber voller Neugier auf das hinüber, was hinter den beiden Flüssen und der Steppe vor sich ging. Ich machte auch Arsylang aufmerksam darauf. Er blickte dorthin, spitzte die Ohren und knurrte, wenn ein Auto fuhr. Bei alldem dachte ich natürlich an meine Geschwister, und so unterhielt ich mich auch mit meinem vierbeinigen Gefährten über sie: Bei ihren Namen wurde Arsylang unruhig und winselte dabei. Manchmal ging das Gewinsel in ein Geheul über, aber da griff ich schnell ein und unterbrach ihn; ich sagte ihm, daß nicht geheult und geweint werden durfte, da dies meinen Geschwistern schaden könnte. Arsylang gehorchte, wurde still und blickte mich mit seinem ergebenen, hilfesuchenden Blick an. Nur einmal hab ich ihn beim Winseln nicht unterbrochen, und dies, weil ich es nicht gekonnt habe, da ich selbst losweinen mußte. Arsylang fiel sofort ein mit seinem dumpfen Geheul, und das brachte mich dazu, daß ich im Weinen fortfuhr unter strömenden Tränen und lautem Geschluchze. Dabei dachte ich wie sooft in jenen Tagen auch daran, weshalb meine Geschwister von zu Hause weg mußten, und nun empfand ich zum ersten Mal Kränkung gegenüber Vater, der es gewollt hatte. Vater war ein Mensch, der seinen Vater abgöttisch verehrte. Sein Vater war ein Baj, für manche sogar ein Kulak. Vater aber nannte ihn anders, wenn er ihn überhaupt anders nennen wollte als seinen Vater: einen Menschen mit einer Seele für das Vieh. Diese Bezeichnung traf auch auf ihn selbst zu.

Was wird Vater, den Menschen mit einer Seele für das Vieh, dazu bewegt haben, seine Kinder gerade dann, wenn sie das Alter erreicht haben, ihm diese und jene Arbeit abzunehmen und so ihm die Last zu erleichtern, vom Vieh, von den bewährten Wurzeln ihrer Lebensunterhaltung, zu trennen?

Geschah das wegen des Gehaltes, von dem man hörte wie von einem Töpfchen-fülle-Dich? Oder war es auch die Gehorsamkeit vor der Macht, die des Volkes sein sollte und streng war? Oder das Vertrauen zu dieser? Oder sogar die Hellsicht des Araten, dieses natürlich Verbündeten der ruhmreichen Arbeiterklasse, die am Anfang gar nicht hatte dasein können?

Nach meinem Weinen hatte ich ein schlechtes Gewissen

und auch am nächsten Morgen, als ich erwachte: Ich hatte geträumt, ich konnte mich an die Einzelheiten des Traumes nicht erinnern, glaubte aber, er betraf die Geschwister, und ich fühlte in mir etwas Schweres. Auch Arsylang wurde darauf, wie mir schien, still und schwerfällig in seinen Bewegungen. Vielleicht übertrug sich meine Stimmung auf ihn tatsächlich?

Einige Tage vergingen, und es hieß, im Sumun wäre eine Grippe ausgebrochen. Die Eltern wurden stumm in ihrer Angst; die Gebete, diese an die Berge, die Gewässer und die Gewölke gerichteten Selbstgespräche, wurden von Tag zu Tag länger und inniger; geschahen sie manchmal mehr aus Gewohnheit, als eine Art Pflicht, nun waren sie wieder ein Bedürfnis. Das schlechte Gewissen, das in mir wieder erwacht war, verging nicht, es nagte wie eine Laus an meiner Leber und vergrößerte den Wundherd von Tag zu Tag.

Ich bat die Berge, die Steppe und den Himmel, daß sie meine Geschwister beschützen möchten vor bissigen und tollwütigen Hunden, vor allen Krankheiten und vor jeglichen schwarzen und weißen Zungen. Daß es solche Gefahren gab, erfuhr ich von den Erwachsenen, während ich ihren Gebeten zuhörte. Aber dann hatte ich auch andere Bitten, die ich bei keinem gehört, die also meine Gedanken selbst erzeugt hatten. So bat ich Eser-Haja, den Sattelfelsen, darum, daß die Geschwister nicht nur heil und gesund, sondern auch mit Süßigkeiten zurückkehrten. An die Schlucht, die unterhalb des Lagers lag, und den Fluß, der sich durch diese hindurchschlängelte und, nun zu Eis erstarrt, zu ruhen schien, ging die Bitte, daß sie mich vor der Schule bewahren und bei meiner Großmutter und unserer gemeinsamen Herde leben lassen möchten. Da ich sah, daß die Seitenwände der Schlucht so steil waren, wie ich noch keine gesehen hatte, und ich wußte, daß der Fluß dort die Wasser aller Flüsse zusammenführte, zweifelte ich an ihrer Allmacht nicht.

Ich hatte noch andere Wünsche, war unstillbar im Wünschen und hemmungslos im Bitten. Arsylang hockte geduldig neben mir und hörte, wie mir schien, verständnisvoll zu, wenn ich mit ausgestreckten Armen und erhobenem Haupt die Pose eines Eposrecken einnahm und mit meiner hellen Kinderstimme die Bitten laut aussprach.

Ich bat Harlyg Haarakan um eine tausendköpfige Herde. Sie sollten lauter schwarzköpfige, stummelohrige Schafe sein, genau eintausend an der Zahl!

»Eintausend Schafe – weißt du, wieviel das ist?« wandte ich mich darauf an Arsylang. »Soviel, wieviel Finger einhundert Menschen zusammen haben!« Arsylang hielt den Kopf schief und blickte mich aufmerksam an. »Auch einhundert ist eine große Zahl«, erzählte ich meinem Gefährten weiter. »Woher nehmen wir so viele Menschen, ah?« Arsylang merkte, daß er gefragt war, konnte jedoch die Frage nicht begreifen, geschweige denn beantworten. Verwirrung stand in seinem Blick. »Macht ja nichts«, tröstete ich ihn und fuhr fort: »Jetzt im Winter kriegen wir so viele Menschen nicht zusammen. Im Sommer aber ja! Im Milchwerk morgens und abends, wenn die Milch abgenommen wird, da kommen viele zusammen. Wenn da jedoch die Hundert nicht rauskommt, dann läßt man einen von einem Ail zum anderen reiten und sagen, alle, die im Ail sind, sollen schnell zum Milchwerk kommen. Die Menschen werden wissen wollen, ob es eine Versammlung gibt.«

Zu einer Versammlung ging man nicht gern. Wohin man gern ging, war ein Fest. Wieso aber dann zum Milchwerk? Der Bote würde, bevor er zum nächsten Ail eilte, rufen: »Dem Schynykbaj sein Jüngster, der Dshurugwaa mit dem Hund Arsylang, will Besitzer einer tausendköpfigen Schafherde werden, vorher aber will er sehen, wie es ist mit der Zahl Tausend, und so will er eure Finger zusammenzählen und auf die Tausend bringen!«

Ich glaubte in Arsylangs Gesicht ein Lächeln abzulesen. Ja, es müßte wirklich lustig werden mit den Menschen und ihren Fingern! Amyj, zu dem die Eltern Aga und wir Kinder Eshej sagten, würde ausrufen: »Himmel! Das ist ja was! So klein, und schon kann er bis tausend zählen!« Tante Tuudang, seine Frau, würde ihm antworten: »Wie denn anders – ist er doch dem Schynykbaj sein Sohn und dem Hylbang sein Enkel!« Sie mochten auch anderes sagen, wichtig aber war, daß sie mit dabei waren und jeder seine zehn Finger dazugab. Aber es ging nicht mit jedem so klar. Bei zweien, Gokasch und Dupaj, mußte man aufpassen: War Gokasch mit, dann waren es tausendein, war Dupaj mit, dann waren es neunhundertneunundneunzig, waren aber alle beide mit, dann waren es doch genau tausend Finger. Denn Gokasch hatte an der linken Hand sechs Finger und Dupaj an der rechten nur vier. Der erstere soll so geboren und dem letzteren beim Lassowerfen der Zeigefinger abgerissen worden sein.

Alle anderen Menschen hatten zehn Finger an beiden Händen zusammen. Das sagte Großmutter. Das wußte ich nun auch selbst. Tausend Finger zusammen, das wird es noch nie gegeben haben. War ich dann der erste, der sich so etwas ausgedacht hat, woran noch niemand hat denken können? Vielleicht! Und gerade darum durfte ich

keine Mühe scheuen, um die tausend Finger zusammen-
zuhaben. Da würden kleine und große, saubere und
schmutzige Finger sein. Und solche mit geschnittenen
Nägeln, aber auch mit Krallen. Vater konnte schmutzige
Fingernägel nicht leiden, also würde er mir dabei nicht
behilflich sein wollen.

Ach ja, zur Not könnte man auch die Zehen hinzuneh-
men, die ohnehin Fußfinger heißen. Dann würde man
nicht hundert, sondern nur fünfzig Menschen brauchen.
Aber ob alle sich dazu bewegen lassen würden, die Stiefel
auszuziehen? Die Frauen vor allem, die ihre Begs unter
den Versammelten hatten, lieber sterben wollten, als sich
an den Beinen zu entkleiden und ein Stück ihrer nackten
Haut zum Vorschein bringen zu lassen! Auch andere würden versuchen, die Stiefel lieber anzubehalten, als ihre
Zehen mir für einen Augenblick zu zeigen, damit ich sie
mit abzählen konnte. Tante Aewildek würde ausrufen:
»Laß das, Söhnchen. Meine Füße sind schmutzig!« Onkel
Dar, obwohl er vom Frühsommer bis Spätherbst barfuß
zu gehen pflegte, würde seine Füße lieber unter dem
Lawschaksaum verstecken, als daß ich sie mitzählte, er
würde brummen: »Was gehen meine Füße andere an!«
Und Mutter würde dem hinzufügen: »Laß die seinen
auch weg!« Denn seine Füße waren bis auf die Zehen
behaart, und Mutter ekelte sich vor behaarten Füßen genauso wie vor Mäusen und Spinnen. Doch ich würde
sagen, daß ich einzig die Zahl von seinen Zehen brauchte,
und alles Weitere würde mich, wie Tante Galdarak zu
sagen pflegte, nicht an der Nase prickeln. Sie konnten
sein, wie sie waren, und sie konnten dort sein, wohin sie
wollten und konnten.

Eintausend! Oh, mächtige Zahl! Denn ab eintausend

Stück Vieh galt man als Baj. Großvater war einer gewesen. Vater war keiner. Auch Stalin nicht, trotzdem er ein mächtiger Mensch war. »Die Zeiten der Bajs sind vorüber«, sagte Vater, »man kann sich noch so sehr abrakkern, aber nimmer kommt man auf die Tausend!«

Warum sagte er das? Und warum gab er die Geschwister weg?

Ich hatte so meine Träume. Sie umschlossen die Jurte, die Großmutter und ich bewohnen und die Herde, die uns zwei ernähren sollte.

Aber auch andere Dinge gab es, die zu meinem Traumgebilde gehörten. Zuerst ein Jagdgewehr, so eines, wie Onkel Sargaj es hatte: das gleich fünf Patronen aufnahm, hintereinander schoß und dabei so laut donnerte und immer traf. Dann eine Tabakspfeife, wie der Sohn des Galdar-Eewi sie hatte. Einmal durfte ich aus der Pfeife Tabak rauchen. Aus einer richtigen Pfeife richtigen Tabak rauchen, das war schon was ganz anderes als das, was wir draußen taten mit unserer selbstangefertigten Hammelschulterblattpfeife und dem Hasenmist: Einen Zug, und schon wurde mir schwindlich! Da nahm ich mir vor: Bist du groß, wirst du dir so eine Pfeife anschaffen. Je größer man selber wurde, desto größer schien auch die Zahl der Dinge zu werden, die man besitzen mußte.

Und die Jurte, in der Großmutter und ich leben würden, sollte groß und hell sein. Und noch besser, darin standen nicht nur die beiden Truhen, die zu einer ordentlichen Jurte immer gehörten, sondern auch der Koffer und der Spiegel aus Tante Galdaraks Jurte. Das Wichtigste aber, die Herde sollte groß sein, sie sollte lieber aus eintausendeinem Stück bestehen als aus neunhundertneunundneunzig. Dies, obwohl ich kein Baj werden wollte.

Oder sollte ich doch einer werden? Die Frage war an Arsylang gerichtet. Er schien zu überlegen und dann mit einem
Mal zu nicken. Ich freute mich darüber, etwas zu sein, was
andere nicht sein konnten. Würde ich zu einem Baj unter
den Menschen, könnte Arsylang zu einem unter den Hunden werden. Ich fragte ihn, ob er es werden würde. Er wedelte mit dem Schwanz. Aber Vater sagte . . . ja, wenn er
ewas sagte, mußte es auch stimmen. Man sprach doch immer von Bajs? Warum sagte das dann Vater?
Arsylang bellte. Ich folgte seinem Blick, der hinaufgerichtet war, und ich wurde der Gefahr ansichtig. Es war
ein Adler, er kreiste über der Herde, langsam, mit unbe-
weglichen Schwingen. Wir näherten uns den kleinen
Lämmern und Zicklein vom Zweitwurf, die ahnungslos
nach Grashalmen suchten.
»Sei auf der Hut, Arsylang!« sagte ich und hielt den Stock
längst wie ein Gewehr unter dem Arm. Der Adler kreiste
über uns, glitt wie leblos in seiner unsichtbaren Bahn,
kam uns dabei wieder und wieder näher, erhob sich darauf jedoch, und dies auf mein Geschrei und Arsylangs
Gebell hin. Irgendwann schien er das erfolglose Spiel
sattzuhaben, ließ von uns ab und verschwand.
So hüteten wir die Herde und wurden dabei selbst von
Mutter und Großmutter gehütet, die zu Hause geblieben
waren. Mutter, die im Hinaus und Herein, im Hocken
und Hüpfen, im Gehen und Rennen im Wettlauf mit der
Sonne lebte, suchte und sichtete immer wieder nach uns,
berichtete der Großmutter, und diese schätzte dann die
Lage ab, fällte ein Urteil.
Zu Hause angekommen, erzählte ich wie jeder Hirte aus-
führlich darüber, was alles geschehen war im Laufe des
Tages. Ich berichtete darüber, was ich gesehen und beob-

achtet hatte, tatsachengetreu, erlaubte mir dabei jedoch manchmal auch kleine Übertreibungen. Ich sagte, der Adler hätte uns angegriffen, und wir hätten den Angriff zurückgeschlagen. Ich sagte es weniger wegen des Lobes für mich als des für Arsylang. Man lobte uns beide. Ich sollte spielen. Aber ich hatte keine Lust. Das Lob saß noch mundwarm in meinen Ohren, und es trieb mich zu Taten. So wollte ich lieber meine Hendshe entzecken. Ich tastete ihnen den Hals ab und zerdrückte die Zecken, wenn ich welche fand. Diese gingen meistens an die Schlagader und bissen sich dort fest, drangen mit dem Rüssel in die Haut ein und sogen sich mit Blut voll, daß sie fingergroß wurden und blauviolett aussahen. Man durfte sie nicht herausziehen, da in die Wunde, die davon zurückblieb, Kälte eindringen konnte, daher zerdrückte man sie und ließ sie dort, denn sie wurden mit der Zeit von der nachwachsenden Haut weggestoßen.

Satte Zecken ließen sich leichter zerdrücken, sie knallten außerdem. Und je lauter der Knall, desto größer war das Lob. Manchmal, wenn ich auf besonders viele oder nur halbsatte Zecken stieß, die sich schwer zerdrücken ließen, kam mir Vater zu Hilfe.

Am schönsten war das Händewaschen danach. Das Fleisch, das den ganzen Abend die Sinne wachgehalten hatte, wurde Stück für Stück aus der Brühe im Kessel herausgeholt, in den Trog gelegt, nebeneinander, übereinander, bis sich ein Haufen bildete, der so stark dampfte, daß es den Lichtschein fast verdeckte und für einen Augenblick in der Jurte fast finster wurde. Da hieß es: Händewaschen und kommen. Aber man zeigte stolz die Hände mit den blutverschmierten Fingern und sagte: »Ich kann die Waschkanne nicht anfassen!« Nun kam

Großmutter: »Ich gieße dir Wasser auf die Hände.« Man hielt die Hände lässig unter die lauwarme Wacholderlauge, die aus dem Hahn der Kanne glitzernd und glucksend kam, und wusch sie gründlich ab, Finger um Finger, den Handrücken, das Gelenk und noch weiter oben, man hörte das plätschernde, krachende Geräusch, war bestrebt, noch mehr davon zu erzeugen, am besten solches, wie es sich anhörte, wenn Vater sich die Hände wusch, und man hatte bei alldem das beglückende Vorgefühl des Erwachsenseins.

An diesem Abend hockte Großmutter wie immer hinter dem Ofen und kümmerte sich um das Feuer, Vater saß einen halben Schritt unterhalb seines Stammplatzes, dicht an der Ölleuchte gebückt über einem Rest roher Yakhaut, er schnitt daraus Riemen aus. Mutter nähte ebenso dicht an die Leuchte gerückt und ebenso gebückt über einer Fuchsfellmütze. Sie bestand außen aus blauer Seide und innen aus rotbraunem Satin. Es war noch etwas Licht übrig, es fiel auf die rechte Seite der Jurte, wo das Schlaflager der Großmutter schon hergerichtet war und zu seinem Fußende ein großer Korb stand, der jetzt aber keinen Dung, sondern, umgekippt und bedeckt, ein paar frühzeitig gekommene Lämmer enthielt. Am Rande des Lichtscheins wirkte ich: beschäftigte mich mit einem Vorjahreslamm und seinen Zecken. Doch meine Gedanken waren nicht bei dem Lamm, nicht den Zecken. Sie jagten der großen Herde nach, die eines Tages zustande kommen müßte, und fragte nach dem, der diese Herde besitzen würde. Ich wollte Klarheit:

»Wird sich unsere Herde vermehren, Großmutter!«

»Aber natürlich«, hörte ich Großmutters weiche, klangvolle Stimme.

»Und wie groß könnte sie werden?«

»Auch aus einem Lamm kann eine tausendköpfige Herde hervorgehen, pflegte mein Vater zu sagen.«

»Und wenn die Tausend zusammengekommen ist, bin ich dann ein Baj?«

Großmutter zögerte mit der Antwort. Also ahnte sie, worauf ich hinauswollte. Auch die Eltern schwiegen, beide arbeiteten sehr gesammelt, waren an dem Abend wortkarg.

Ich wartete eine Weile, dann riß mir die Geduld. Ich sagte: »Ich werde ein Baj!«

»Baj heißt auch einfach reich. Und jeder, der arbeitet, ohne die Mühen zu scheuen, kann in Reichtum leben.«

Das sagte Großmutter, und Vater nickte ihr zu.

»Nein, Großmutter! Nein, Vater! Ich möchte nicht in Reichtum leben. Ich möchte ein richtiger Baj werden! So einer, wie unser Großvater gewesen ist!«

Vater hielt inne. Das sah ich. Doch es war wieder Großmutter, die antwortete: »Dein Großvater war ein vortrefflicher Mann. Glücklich der, der werden kann, wie jener war. Nur, es heißt jetzt nicht mehr Baj, sondern hervorragender Viehzüchter.«

Das also war es! Ich werde kein Baj, ich werde hervorragender Viehzüchter! Ich war enttäuscht. Aber ich war wenigstens beruhigt, da ich wußte, was ich werden würde.

»Ich werde ein hervorragender Viehzüchter, und du wirst ein hervorragender Hund!« sagte ich am nächsten Morgen, als wir uns wieder auf die Weide begaben, zu Arsylang. Dann fügte ich hinzu: »Tja, was können wir da bloß machen? Das ist der Lauf der Dinge!« Diesen Ausdruck, der sich zu einem Gebet in der Zeit der Volksdemokratie entwickeln sollte, kannten die Menschen im Altai. In einer früheren Zeit ist er wohl geprägt worden. In der Zeit der Sklaven vielleicht, in der Steinzeit sogar. Vieles ist vergangen, aber auch manches hat sich erhalten.

Mit der ersten Schlachtung brachte Vater Essen in den Sumun. Es waren vier Üüsche. Das war der Vorschuß, obwohl die Geschwister allein nicht so viel essen konnten. Was übrigblieb, mochte für die Leute sein, bei denen sie untergebracht waren. Sie lagen schwer auf dem Rükken des Pferdes. Aber es waren nicht allein die Üüsche, da waren auch weiße und gelbe Butter in Hammelpansen und Yakharnblasen, tiefgefrorene, kesselrunde Yakmilchstücke. Das Pferd, Scholak Dorug, ging taumelnd davon.

Vater kam erst am Abend zurück. Er brachte Süßigkeiten mit. Sie waren von den Geschwistern, die beide sehr gut lernten und am Ende des ersten Quartals ausgezeichnet worden waren. Es waren zwei gletscherweiße Zuckerklumpen, beide größer als meine Fäuste, und drei Bonbons in blaugestreiftem Papier, eines war dünner und heller als die anderen, Bruder Galkaan gestand mir später, er hätte daran gelutscht. Das waren die allerersten Bonbons, die ich zu Gesicht bekam. Die Süßigkeiten waren in ein weißes Tuch eingewickelt, auch das Tuch war eine Auszeichnung, es bestand aus lauter viereckigen Vertiefungen, glich einem Stück Hammelpansen, später erfuhr ich, man sagte Hand- und Gesichtstuch zu ihm, und noch später wurde ich selbst mit so einem Tuch ausgezeichnet. Vater breitete das Tuch aus und schlug mit dem Dolchrücken leicht auf einen der Klumpen, er sprang entzwei. Und mit jedem weiteren Schlag spaltete sich das jeweilige Stück. Die Erwachsenen wollten davon nur kosten und begnügten sich am Ende lediglich mit den Krümeln. Ich dagegen sollte essen, soviel ich konnte. Doch auch ich aß nur ein paar kleine Splitter. Gewiß, ich hätte mehr essen, wohl auch alles aufessen können, aber ich wollte nicht, daß die Süßigkeiten alle wurden; besser, ich sah und faßte sie an, roch und leckte daran, sooft ich dazu Lust hatte. Morgens, bevor ich die Jurte verließ, wickelte ich das Tuch aus und sah mir den Inhalt an, oft begnügte ich mich mit dem Anblick und dem Geruch; manchmal leckte ich daran, überzeugte mich von dem süßen Geschmack, nahm mich aber gleich darauf zusammen und steckte das Bündel wieder weg.

Es hieß, bald würde das zweite Quartal zu Ende gehen, und die Geschwister würden kommen. Ich zählte die Tage ab, aber je weniger Tage blieben, desto länger schien es zu dauern. Arsylang wußte schon Bescheid, dessen war ich mir sicher. Meine Aufregung übertrug sich auf ihn. Was nicht verwunderlich war, denn meine Erzählung drehte sich doch Tag für Tag um die Geschwister, und jedes Mal, wenn ihre Namen fielen, geriet er in Aufregung. Wir lebten in Erwartung, genossen die Vorfreude des Wiedersehens, was auch so heißen konnte: Wir quälten uns daran.

Endlich war es soweit. Vater sattelte zwei Pferde, führte das eine an der Hand und ritt davon. Es war früh am Tag, die Sonne war soeben aufgegangen. Ich blickte dem Pferd mit dem leeren Sattel nach und war erschüttert bei dem Gedanken, es würde mir, noch bevor die Sonne unterging, meine beiden Geschwister zurückbringen. Und ich nahm mir vor, den Wallach, der Scholak Dorug, der

Braune mit dem Stummelschwanz, hieß, zu achten wie einen Bruder, wenn er mir die Geschwister tatsächlich brächte. Später hielt ich insoweit Wort, als ich ihn nicht erniedrigte, obwohl es sich nicht vermeiden ließ, daß ich ihn zum Schwitzen und Keuchen brachte, aber ständig behielt ich dabei die Achtung ihm gegenüber in mir, so daß er gespürt haben mußte, wie ich zu ihm stand. Auch er blieb mir gegenüber tadellos, war zuverlässig im Dienst, und als wir uns zum letzten Mal sahen, stand er inmitten einer großen Herde, ausgeruht und wohlgenährt, und aus seiner Mähne strahlte mir die Sommersonne entgegen. Das war die Sonne des achtzehnten Lebenssommers für uns beide – wir waren gleichaltrig. Ich stand, wie es hieß, erst am Anfang des Weges, für ihn aber war der Weg bald zu Ende, er verlebte den letzten Sommer, genoß seinen Lebensurlaub: Zu Anfang des Frühjahres war er für immer abgesattelt worden. Ich wußte, daß wir uns nicht wiedersehen würden, und ich war dabei den Menschen dankbar, die es zu einer Sitte gemacht haben, alten, abgedienten Tieren eine letzte Ehre zu erweisen. Mir kam vor, auch der Wallach ahnte, was bevorstand, sein Blick schien Schmerz und Dankbarkeit auszustrahlen.

Dieser Tag war einer der längsten in meinem Leben. So war er auch einer der schwersten, neben dem, daß er auch einer der schönsten war. Arsylang und ich blieben bei unserer Herde, so lange, bis Vater zurückkam, bis Scholak Dorug die beiden auf seinem Rücken getragen kam, auf Doora Hara, dem Bergrücken, der zwei, drei Flintenschüsse weiter entfernt unterhalb des Lagers quer lag und schwarz aussah und daher auch seinen Namen hatte.

Mutter ging mit der großen Herde auf der anderen Seite des Lagers, entlang des Gebirgskammes, der weitab über uns, über der steilen Felswand Gysyl Dshagyr, lag und einen Halbkreis bildete.

Auch sie hielt Ausschau, das sah man ihr an, denn sie und ein Zipfel der Herde kamen immer und immer wieder zum Vorschein, und dies, obwohl es dort oben sehr windig sein mußte.

Auch Großmutter hielt Ausschau, immer wieder trat sie aus der Jurte und blieb davor stehen. Wir sahen sie, aber sie konnte uns mit ihren alten Augen nicht sehen, das wußte ich. So rief ich: »E-he-he-ne-hej, wir sind da-a a-ah!« Ich rief ihr das zu, und Arsylang bellte dazu. Aber sie stand gebückt und reglos da. Also hörte sie uns nicht. Denn wir hatten am Morgen ausgemacht, daß sie mit dem weißen Yakschwanz, mit dem sonst Staub beseitigt wurde, wedelte, wenn sie uns sah oder hörte. Großmutter war also auch an den Ohren gealtert.

Wir behielten Vater im Auge, folgten ihm. Er wurde immer kleiner. Manchmal entschwand er unserem Blick, aber dann tauchte er, noch kleiner als vorher und fadenscheinig wie ein Hauch aus einer Luftspiegelung, wieder auf. Um mich zu vergewissern, ob das, was ich zu sehen glaubte, tatsächlich Vater war, brauchte ich nur einen Seitenblick auf Arsylang zu werfen. In seinem Blick stand alles wie geschrieben deutlich. Hinter dem vierten der insgesamt sieben Kasachengehöfte entschwand er unserem Blick abermals und tauchte nicht wieder auf. Dann gingen wir auf Irrwege, entdeckten dieses und jenes, was sich bewegte, hingen ihm nach, doch es erwies sich immer wieder als Falsches. Erst sehr spät, als sich die Schatten der Berge längst wieder erhoben hatten und schnell im Wachsen waren, stießen wir auf das Richtige. Wir entdeckten es dort, wo wir es verloren hatten. Zuerst war es Arsylang, der zusammenfuhr und vor Freude wie vor Schmerzen winselte. Darauf sah ich den grau-dunklen Fleck, der sich von der hellbraunen Steppe abhob. Der Fleck wuchs, kam näher. Es gab keinen Zweifel, die unseren waren es! Über dem Eis des großen Flusses konnte ich nicht nur die beiden Pferde, die bisher eine dunkle Gestalt ergeben haben, voneinander unterscheiden, ich sah auch die Reiter, die abgestiegen vor den Pferden gingen. Sie überquerten den Fluß und setzten sich wieder zu Pferde, mit einem Mal wuchsen die beiden dunklen Gestalten. Wir lärmten, hüpften und jagten im Kreis so, daß uns Mutter gesehen haben mußte: Darauf verschwand sie samt dem Zipfel der Herde, also steuerte sie schon auf den Ail zu. Ich wußte, es würde seine Zeit dauern, bis sie auf dem weniger steilen Nordhang des Kammes den Sattel erreichte, um herunterzukommen. Was unsere Herde betraf, sie befand sich längst auf dem Heimweg; wir hatten sie den ganzen Tag gewaltsam auf dem windigen Bergkamm gehalten, daß die diesjährigen Lämmer längst lärmten und bei denen vom Vorjahr Schutz suchten und selbst diese mit dem Ail zugewandtem Kopf dastanden, ohne nach Grashalmen zu suchen, und immer wieder die Beine einzogen. Sie froren. Während Arsylang und ich nun mit dem beschäftigt waren, was inmitten der Steppe hinter den Flüssen vor sich ging, haben sie uns sitzengelassen und sich davongemacht. Aber von der Höhe aus, wo wir uns befanden, waren sie uns sichtbar, wie auf einer Handfläche; sie erreichten den windgeschützten Hang unterhalb des Eser-Haja und kamen zum Stehen.

Nun hatten die Reiter das Ak-Hem-Tal hinter sich und erkletterten schon den Saum der Schwarzen Berge. Wir vermochten nicht stillzubleiben, noch etwas zu unternehmen, damit sie schneller vorwärts kämen. Sie gingen bestimmt zu langsam, obwohl ich wußte, daß sich das Pferd nur im Schritt bewegen und jede Handspanne Weg mühsam abkämpfen konnte. Ich hüpfte auf der Stelle und redete auf Arsylang ein, er möchte unseren Vater, Gök Deeri, und unsere Mutter Hara Dsher auch weiterhin lieben und verehren, und dies auch dafür, daß sie unsere beiden wohlbeschützt zu uns gebracht haben. Arsylang winselte und bellte und hüpfte mit mir, er zitterte am ganzen Körper, und in seinem Blick wohnte als helle Flamme die Freude. Am liebsten wäre er längst davongeprescht und den Ankömmlingen entgegengejagt. Aber er würde mich nicht verlassen, mich unter keinem Umstand auf dem einsamen Bergrücken allein lassen, das wußte ich.

Inzwischen konnte man erkennen, daß die Pferde arg angetrieben wurden. Sie kämpften sich mit vorgestrecktem Hals Abstand haltend und hintereinander auf dem Pfad über den Felsen vorwärts. Beide Pferde, die dunkles Fell hatten, steckten in glänzendem Rauhreif, dampften und schickten in Stößen brodelnde Atemwolken, die schnell in den Himmel stiegen, sich verbreiteten und in einen grauen Schleier auflösten. Auf Vaters Gesicht, der vorneweg ritt und nicht nur mächtig wie immer, sondern auch ausgesprochen vornehm, ja schön wirkte, glaubte ich ein Lächeln zu sehen. Auch auf den Gesichtern der Geschwister glaubte ich ein Lächeln zu erkennen. Dabei wirkte das Gesicht der Torlaa, die vorn auf dem Sattel saß, seltsam hell und wohl auch schmal. Und das des Galkaan, das zwei-, dreimal hinter dem Rücken der Schwester hervorlugte, strahlte jene Helligkeit aus, die im Gebirge damals als Papierweiß bezeichnet wurde. Er wurde von Außenstehenden ohnehin Weißer genannt, während die Schwester wohl wegen ihrer roten Backen die Rote und ich aus mir unergründlichen Gründen damals der Schwarze war.

Bruder Galkaan war, wie es hieß, in seiner Farbe nach Vater geraten, der durch seine helle Haut, seine Hakennase, sein braunes Haar und seine runden, hellbraunen Augen eine Seltenheit unter den Tuwinern darstellte und, wie ich später feststellen konnte, europäide Spuren aufwies.

Indes näherten sie sich so, daß ich die Gesichter in ihren Zügen erkennen und das Lächeln tatsächlich wahrnehmen konnte, aber da wurde mir mit einem Male bange; ich wußte nicht, woher und wovor das Gefühl, spürte es aber in mir so deutlich, daß ich am liebsten davongerannt wäre. Aber wie und wohin? So blieb ich dort, wo ich war. Kein Hüpfen war jetzt und kein Jubeln, ich stand wie erstarrt da und vermochte nur noch zu Arsylang zu flüstern: »Sei still bitte ... Nur sei du still!« Sie kamen lärmend an; auf dem allerletzten Schritt, wie mir schien, riß Arsylang die Geduld, die er sich wohl mir zuliebe angelegt hatte, er sprang ihnen entgegen, kletterte mit den Vorderpfoten zu den Geschwistern hinaus, ein grelles Geschrei entfuhr der Torlaa. Auch Arsylang jaulte und winselte, mit ausgestrecktem Körper, mit angelegten Ohren hing er an den beiden, beroch und beleckte sie bald hier und bald dort. Dem ersten Geschrei der Torlaa folgte weiteres Geschrei. Vater rief ihr zu: »Hab keine Angst! Er tut dir doch nichts!« Aber nichts half, sie schrie und schrie. Ich hörte auch Bruder Galkaans Stimme, doch das war nicht geschrien, geschah vielmehr aus Vergnügen, war wohl ein Gruß, der Arsylang galt. Doch auch er schien das Ablecken der Hundezunge nicht ertragen zu können, denn den rechten Arm, der um die Taille der Schwester gelegen hatte, zog er weg und hielt ihn hoch, während sich der linke um so fester um sie krallte. Ich war Arsylang dankbar für dieses Durcheinander, das er stiftete, denn so war ich geschützt vor der allgemeinen Aufmerksamkeit, die sonst wohl mir hätte gelten und die ich nicht hätte ertragen können. Indes kam Vater, der abgestiegen war, doch auf mich zu. Er beroch mich an der Stirn, dort, wo der Schopf hervorlugte, schloß meine eiskalten Wangen in seine lauwarmen Hände und rief aus: »Du, mein dummes, liebes Kind, mußt ja den ganzen Tag hier oben verbracht haben!« Ich wollte sagen, lügen, wir wären vor kurzem gekommen, allein die Zunge versagte mir, vielleicht auch vor der Kälte, die mir bis in die Zunge eingedrungen sein mußte. Da wurde ich mit einem Ruck hochgehoben, zu den Geschwistern getragen und zuerst vor die Schwester, dann vor den Bruder gehalten, daß sie mich beriechen konnten. Sie taten es auch, nur war es bei ihr wie auch bei ihm ein flüchtiges Beriechen, gar nicht zu vergleichen mit dem, wie die Erwachsenen es mit einem taten. Und das war recht so, denn mir war dabei sterbenspeinlich, ich hielt mich steif und schloß sogar die Augen, als ich die Gesichter dicht vor mir sah. Aber nichtsdestoweniger beroch ich sie: Etwas Fremdes, herrlich Angenehmes, ging von ihnen aus, es war jener Geruch, den Dargas und die feinen Leute aus dem Innern des Landes auszuströmen pflegten.

Da wurde ich weitergetragen, zu Vaters Pferd, Gott sei

Dank, und auf den Sattel gesetzt. Bald darauf schwang sich Vater hoch. Nun spürte ich endlich Erleichterung und konnte die beiden versteckt beobachten. Sie waren bleich und schmal und sehr, sehr gesprächig geworden: Sie redeten wie um die Wette, nannten die Felsen, die Hänge, die Mulden, die Sättel, die Pfade beim Namen, fanden alles am alten Platz, und als wir an unserer kleinen Herde vorbeiritten, die nun das windgeschützte Versteck verlassen und die Heimreise angetreten hatte, nannten sie die Vorjahreslämmer samt ihren Müttern ebenso beim Namen, die größtenteils Spitznamen waren. Seltsam benahm sich auch Arsylang: er jagte in wilden Sprüngen dahin und dorthin, kam aber immer wieder zurück.

Manchmal ging er auch an das Pferd heran, sprang es von der Seite an, kam bis zu den Knien der Geschwister mit den Vorderpfoten, mit der Schnauze, und da erklang jedesmal das ängstige Geschrei der Torlaa.

Als wir an der Jurte ankamen und abstiegen, ging es erst richtig los mit seinem seltsamen Benehmen. Kaum hatte Bruder Galkaan mit dem einen Fuß die Erde berührt, warf sich Arsylang neben ihn und wälzte sich. Er kroch ihm mit wedelndem Schwanz und mit glänzenden, brennenden Augen hinterher, sprang wieder auf, kletterte ihm mit den Vorderpfoten auf die Schultern, beroch und beleckte ihn, jaulte und winselte dabei. Der Bruder wehrte sich, versuchte die Pfoten von sich wegzuschieben, die ihn, gleich zwei Händen, am Hals packen zu wollen schienen. Aber dabei kicherte er. Wofür ich ihm dankbar war. Und dies nicht nur für Arsylang, nein, in dem, was mein vierbeiniger Gefährte, mein Bruder-anstatt-Bruder, meinem leiblichen Bruder entgegenbrachte, darin steckten auch meine Gefühle. Ja, wie gern hätte ich meinen Bruder mit angepackt und mich mit ihm fallen lassen und gewälzt! Allein, die Hemmung, die in mir so urplötzlich aufgekommen war gleich einer Windhose und an der ich beinah erstickt wäre, war aus mir noch nicht restlos gewichen, und ich mußte noch warten.

Der Schwester gegenüber jedoch spürte ich Kränkung. Obwohl ich so froh war, weil sie wohlerhalten zu uns zurückgekommen, zu ihrer Jurte, zu ihrer Herde, zu ihren Bergen, spürte ich ihr gegenüber doch diese Kränkung, die nicht schlimm, nicht bitter, dennoch so deutlich war wie ein Stich: Warum war sie nicht in der Lage, den Freudenausbruch, den freudvollen Gruß, zu ertragen, in welchem auch meine Freude, in welchem auch die Freude der Herde und der Berge mit darin war? Arsylang war nun nicht nur der Fähigste, sondern auch der Würdigste von uns allen, von der gesammelten, von der gestauten Freude kundzutun und den gestauten Gruß darzubringen! Ich spürte Kränkung gegenüber der Schwester und nannte sie in Gedanken die Blöde, obwohl ich unvergleichlich stark neben der Kränkung Liebe zu ihr verspürte. Und sie war schuld daran, daß die Sache vorläufig damit endete, daß Vater einen Drohruf auf den Hund ausstieß, sich bückte und nach einem Stein griff. Aber er brauchte den Stein nicht nach ihm zu werfen, denn jener flüchtete schon davon, und der Stein flog ohne Schwung nur in die etwaige Richtung. Doch auch Arsylang hatte den Drohruf und den Stein, der eigentlich ihm gemeint war, offensichtlich nicht besonders ernst genommen, denn sobald darauf die Torlaa aus der Jurte trat, kam er schon wieder angeschlichen mit all seinen hündischen Lieblichkeiten, die er zur Schau trug. Und sie rannte zurück in die Jurte mit ihrem Schreckensgeschrei. Darauf mußte jemand den Hund davonjagen und ihn, wie bei einem fremden Besuch, auf Abstand halten, wenn sie austreten ging. Doch dies nur am ersten Tag.

Großmutter kam bei dem Wiedersehen mit den Geschwistern zum Weinen, worauf sie mit sich selber schimpfte. Das war das erste Mal, daß ich sie weinen sah. »Ej, baj Aldajm«, sagte sie, »die Jurte ist wieder voll!« Dann beroch sie die beiden am Kopf, hielt inne und strich mit zitternder Hand mehrmals darüber, bevor sie sie entließ.

Später saßen die beiden der Großmutter zur Seite und erzählten, wieder wie um die Wette, von der Schule, von dem, was sie gesehen und gehört hatten.

Die Eifersucht, an der ich früher litt, wenn die Geschwister zu dicht an die Großmutter rückten, schien geheilt, ich spürte sie nicht mehr. Im Gegenteil sogar, ich empfand allen gegenüber Dankbarkeit dafür, daß sie gütig zueinander waren. Mutter blieb die Stimme weg, als sie die Geschwister wiedersah. Ihre Augen schauten starr, glänzten. Als sie dann ihre Stimme wiedererlangt hatte, sprach sie Worte, die nicht ihren Kindern galten. Sie galten dem Himmel, den Bergen und den Flüssen. Die Geschwister standen mit gesenkten Köpfen da, als sie von der Mutter berochen wurden, sie schwiegen. Mir kam vor, als mieden sie zuerst Mutters Nähe. Aber dann, als die erste Weile vergangen war, gingen sie ihr nicht von der Seite.

Ich hatte mit neuen Süßigkeiten gerechnet und wohl auch mit einem neuen Tuch, dies, obwohl das alte immer noch ladenneu in der Truhe lag und den Restzucker enthielt. Nun fiel mir ein, daß ich mit diesem neuen Tuch gerech-

net und überlegt hatte, das andere den Eltern freizuge-
ben, damit sie sich daran tatsächlich das Gesicht und die
Hände abtrocknen könnten. Doch diese Erwartung blieb
vorläufig unerfüllt, nicht deshalb etwa, weil die Geschwister im Lernen schwächer geworden wären. Nein, beide
hatten das Quartal weiterhin mit sehr guten Ergebnissen
abgeschlossen und hatten so erneut eine Auszeichnung
bekommen, allein diese hieß nun anders, hieß Geschenk,
die Geschenke sollten erst am Abend bei dem Jolka von
dem Weißen Alten den besten Schülern ausgehändigt
werden. Vater hat nicht bis zum Abend warten und dann
nachts nach Hause reiten wollen, er hat es wegen uns
nicht getan, die wir im Ail waren und warteten. Bei dem
Gedanken, sie wären bis zum Sonnenuntergang nicht gekommen, wurde mir schon schlecht, und somit verloren
die Geschenke des Weißen Alten ihren Glanz. Dennoch
wollte ich vorsichtig wissen, ob sie nun verloren seien.
Nein, hieß es da, die Lehrer würden sie in Empfang nehmen und aufheben, um sie dann denjenigen zu geben, für
welche sie bestimmt waren. Das war gut.
Wer der Weiße Alte war, wußte ich natürlich. In der Vornacht zum Schagaa kam er und hob die Kinder und prüfte,
ob sie alle ordentlich gegessen hatten. Wer zuwenig gegessen hatte, den warf er davon, und wer gut gegessen hatte,
den bescherte er mit weiteren köstlichen Speisen. Bisher
war von unserer Sippe noch keiner davongeworfen worden, aber man sagte, es wäre anderswo schon vorgekom-
men. Was Jolka war, wußte ich nicht. Auch Vater, selbst
Großmutter konnte mir nicht sagen, was das war. Die Geschwister erzählten von einem geschmückten Raum,
wußten jedoch nicht, was damit genau war. Viel später erfuhr ich, es war von einem russischen Wort abgeleitet und

hieß Tannenbäumchen. Man hatte uns das Schagaa, unser Neujahrsfest, damals noch nicht verboten, aber die Vorbereitungen dazu waren bereits getroffen, die fremden Sitten waren auf dem Vormarsch. So hatte man selbst in unserer Ecke angefangen, Silvester zu feiern, wie man es in Rußland feierte. Gut nur, daß ein schlauer Kopf das russische Frostväterchen ins Mongolische als den Weißen Alten übersetzt hatte.

Ich war kein Weißer Alter, bewirtete die Geschwister jedoch mit Süßigkeiten, die sie einst zur Auszeichnung bekommen hatten und die ich immer noch nicht aufgegessen hatte. Nun wunderten sie sich fast mehr, als daß sie sich darüber freuten. Schwester Torlaa fragte, weshalb man mich sie nicht hätte essen lassen. »Das hat er von sich aus nicht getan, er war damit sparsam«, erklärte Mutter. War das eine Selbstverteidigung? Oder eine Entschuldigung für mich. »Aus dir wird ein Stalin«, sagte die Schwester Torlaa und bekam dafür eine Mahnung. Sie kam von Vater und brachte auch eine Rüge für Mutter mit sich, die den Ausdruck geprägt hatte, der immer gesagt wurde, wenn etwas an mir auszusetzen war. Bruder Galkaan lobte mich dagegen einhellig: »Das ist ja toll! Ich könnte das nicht!« Das war ein teures Lob: Ich gab ihm das größte Stück, und er aß es mit Genuß auf. Aber Tage später bekam ich den Ersatz zurück. Später kam Vater mit den Geschenken des Weißen Alten zurück, als er die Geschwister wieder zu ihrer Schule gebracht hatte.

Sie hatten nichts zurückbehalten, hatten mir alles zukommen lassen, was in den beiden Papierbeuteln gewesen war. Es waren Süßigkeiten und eine Art Gebäck, das vorher noch keiner gesehen hatte. Es schmeckte leicht nach geröstetem Gerstenmehl und war weich und sehr süß. Großmutter lobte es. Ich dagegen sagte, ich könnte es nicht essen. Also aß Großmutter das weiche, süße Gebäck auf und segnete die Geschwister laut, die gut gelernt und es verdient hatten.

Neun Tage blieben die Geschwister zu Hause. Die Tage verbrachte ich mit dem Bruder, die Nächte bei der Schwester. Erstmalig spürte ich in ihm einen Zweitvater und in ihr eine Zweitmutter. Sie verhätschelten mich. Ich war wieder das jüngste Kind. Aber die Zeit mit ihnen war nur allzu kurz, war wie in einem Traum. Ich mußte wohl schon wieder erwachen, eh mir bewußt wurde, daß ich erneut sehr glücklich war. Ich mußte erwachen und zusehen, wie mir die Geschwister wieder entrissen wurden. Mit mir sah Arsylang dem zu, den ich, wie mir erst jetzt bewußt wurde, in diesen Tagen irgendwie vernachlässigt haben mußte, und deshalb hatte ich ihm gegenüber ein schlechtes Gewissen. Dunkle Trauer lag in seinen Augen, die genau beobachteten, wie die Pferde gesattelt und die prallen Taschen an den Sätteln befestigt wurden, und als Vater dann die beiden zu Pferde setzte und Mutter Milch auf die Steigbügel tröpfelte, hockte sich Arsylang auf den Hintern, richtete die Schnauze gen Himmel und schickte ein leises, langgezogenes Geheul hinaus.

»Hara Gishenni oj!« sagte Mutter und schaute sich besorgt um. Vater bückte sich, griff nach einem Stein und warf ihn schon los. Arsylang, der sich an seinem eigenen Geheul berauscht hatte, bemerkte den auf sich zufliegenden Stein erst im letzten Augenblick, und so konnte er nur noch zusammenfahren; der Stein traf ihn in die Seite, dumpf erklang es, der Hund schrie kurz auf, schleppte sich schwankend und schwerfällig davon und gab dabei einen ununterbrochenen Laut von sich, der an das Geschluchze eines schwer gekränkten Kindes erinnerte. Großmutter hatte der Torlaa soeben das linke Knie mit der Handfläche berührt, war nun dabei, das gleiche bei dem Galkaan zu wiederholen; berochen hatte sie die beiden schon vorher, als sie noch unten waren. Nun sagte sie kopfschüttelnd: »Ach Schynyk, warum das? Anstatt dem Armen einen Schluck Milch vorzusetzen, ihn zum Geschrei und Gejaule zu veranlassen, das war leichtsinnig!« Sie berührte das Knie des Kindes, ließ die Hand eine kleine Weile noch darauf, dann trat sie zurück. Arsylang schleppte sich schluchzend weiter, trottete bis zu dem Felsen, an dem Großvieh geschlachtet wurde, hockte sich vor ihn auf den eingezogenen Schwanz und schickte weiteres Geheul gen Himmel, das sich nun erst recht unerträglich anhörte. Wir Menschen, groß und klein, standen da und wußten nicht, was tun. Da löste sich aus der Erstarrung Großmutter, sagte zu mir, daß ich den Milcheimer aus der Jurte holen sollte. Hinter mir hörte ich sie nach Arsylang rufen. Als ich mit dem Milcheimer zurückkam, riefen alle außer Vater im Chor: »Arsylang, Arsylang, Arsylang, Arsylang, mäh!« Mäh hieß: »Nimm, hier«, so wurden und werden noch tuwinische Hunde herbeigelockt. Da Arsylang es nicht zu hören schien und von neuem heulte, wurde ich mit dem Napf zu ihm geschickt. Darin war Milch. Arsylang schielte mißtrauisch nach mir, während ich mich ihm näherte, und dabei unterbrach er sein Geheul nicht. Ich kam an, setzte ihm die Milch vor und hockte mich neben ihn. Arsylang blieb in der Haltung und heulte von neuem.

»Was ist?« hörte ich Mutters ungeduldigen Ruf.

»Er hat's schon!« rief ich zurück.

Vater, der die ganze Zeit unsinnig an den Tonsäumen der Geschwister hantiert hatte, ging zu seinem Pferd. Darauf setzten sie sich in Bewegung. Mutter konnte die Milch aus der Schöpfkelle, die sie solange bereitgehalten hatte, endlich verspritzen, den Davonreitenden hinterher. Ich hockte immer noch, hatte mich nur halb umgedreht, um sehen zu können, was sich dort abspielte, verfolgte nun mit dem Blick bald die Weggehenden, bald die Zurückbleibenden. Arsylang heulte weiter, sein Geheul wurde nicht anders, nicht lauter etwa. Plötzlich sah ich eine kleine helle Tränenkugel, die am unteren Rand seines kleinen, dunklen Auges hing. Ich hatte bisher weder Arsylang noch einen anderen Hund weinen sehen, hatte nicht gewußt, daß mein Arsylang, daß ein Hund weinen konnte wie ich, wie ein Mensch, wie eine Stute oder Yakkuh. Da fiel die Tränenkugel herab und verschwand im Eisschnee. Ich mußte ihn trösten. So rückte ich ihm näher und steckte die frierenden Hände in das zottige Fell seines Halses. Da spürte ich, daß er heftig zitterte und dieses Zittern sich auf mich übertrug. Das Bedürfnis, zu weinen und mich zu schütteln gegen das, was gegen meinen Willen auf dieser Welt geschah, überkam mich. Und es war so übermächtig, daß das gute Vorhaben nicht imstande war, die Tränen, die meinen Blick trübten und auch meine Augen schon füllten, zu verhindern. So weinte ich. Und weinend wußte ich, daß auch ich eines Tages weggehen mußte. Aber ich wollte zu Hause, in meinen Bergen, bleiben, wollte die Herde hüten und ein Hirt werden, wie Vater einer war und auch ein jeder, der vor ihm auf unserer Erde gewesen ist. Ich wollte bei Arsylang bleiben, wenigstens ich durfte ihn nicht verlassen, nach alldem, was er für mich getan hatte. Und ich durfte auch Großmutter nicht verlassen, wollte eine eigene Jurte haben und darin mit ihr leben. Und schließlich durfte ich meine Eltern nicht aus den Augen lassen, denn sah ich doch, wie sehr sie auf mich angewiesen waren, auf mein Mittun und einfach auf mein Dasein auch, ich war ihr jüngstes, liebstes Kind, das ich mich am Ende nicht nur für die Großmutter, sondern auch für sie beide ebenso kümmern müßte.

Schwer fiel der Tag. Die Kälte, die von der Vornacht stammte und brannte, hielt an. Die Sonne, die bleich und fern und klein war, war nicht imstande, sie zu brechen. Die Welt glänzte im Rauhreif, wirkte leer, und ich fühlte mich verlassen. Arsylang kam mir als Gefährte ungenügend, wie ein Ersatz vor. Dabei hatte ich das Gefühl, auch er konnte sich mit mir nicht begnügen.

Die große Herde erschien zu früh am oberen Ende des Weges, der vom Bergsattel inmitten des Halbkreises aus Felsen mit dem messerscharfen Grat über dem Ail, hell und breit wie ein Gletscherarm, steil auf die Hürde zu stürzen schien. Das bedrückte mich, anstatt zu erfreuen: War denn alles, alles auf dieser kalten, leeren, rauhreif-glänzenden Erde aus den Fugen geraten?

Hinter der Herde, die in einem breiten Fluß den steilen Hang herunterflutete, entdeckte ich Mutter. Sie wirkte klein und rund, bewegte sich ungelenk und schwerfällig, und so glich sie einem Kind, das zu dick angezogen war. Lange konnte ich den Blick von ihr nicht abwenden, obwohl es mir schmerzlich war dabei. Und solange ich es tat, verdichtete und verbreitete sich das Unverständnis, das ich in mir trug, immer weiter. Vater kam erst in der

Nacht zurück, Arsylang kündete seine Rückkehr lange im voraus an, er bellte liegend, ohne Eile, ohne besondere Lust. Obwohl es bestimmt sehr spät war, als Vater endlich ankam, lag ich wach. War es nur die Abwesenheit Vaters, weshalb die Unruhe aus mir nicht wich? Wohl nicht, denn auch dann wurde ich nicht fröhlicher, selbst dann nicht, als Vater sein Mitbringsel ausgepackt hatte: das Geschenk des Weißen Alten, die Süßigkeiten und das Hand- und Gesichtstuch. Ich hielt das rauhe, fremdriechende, strahlend weiße Tuch, worauf die Süßigkeiten zu einem Haufen lagen, eine Weile in den Händen, so, als ob man ein Hadak hielt, und legte es dann beiseite, ohne davon gekostet zu haben. Ich sah Vater zu, der sich über den Fleischtrog bückte und aß. Und ich hörte zu, was er erzählte, doch vermochte ich meine Gedanken nicht zusammenzuhalten, sie verließen bald die Jurte, gingen in die Steppe, in die Gebirgstäler, wo die knisternde Kälte und der glänzende Rauhreif waren und wo die Einsamkeit meiner harrte.

Am nächsten Morgen sagte Großmutter: »Dem Schwarzkopf ist seine Zeit abgelaufen!« Schwarzkopf war der Übriggebliebene von den beiden Hammeln, die in der Herde der Großmutter zu uns gekommen waren. Sollte es nun heißen, daß auch dieser aufhören mußte, in der Herde und auf der Erde zu sein?
Weshalb aber dies? Das Ser war doch voller Fleisch! Die Unruhe, die ich gestern in mir gespürt hatte, die aber in der Nacht vergangen zu sein schien, erwachte wieder. Ich war auf der Hut, beobachtete die Dinge um mich herum.
Da traf auch meine Befürchtung zu: Vater ging daran,

den Schwarzkopf zu schlachten. Er hatte es eilig, mußte
er doch die Herde hüten. Ich sollte ihm helfen. Das hieß,
ich sollte dem Opfer die Hinterbeine halten. Ich sah mit
Schreck zu, wie Vater mit dem großen, starken Tier
kämpfte, es schließlich umwarf und ihm das rechte Bein
über den Bauch warf. Ich griff nach den zappelnden Hin-
terfüßen, dort, wo es am dünnsten und so am besten zu
fassen war, ich faßte und zog sie zu mir, indem ich rückwärts fiel und ihm die Beine gegen das Becken stemmte;
ich wollte nicht, mußte aber zuschauen, wie Vaters rechte
Hand nach der Scheide am Gürtel suchte, wie der blanke
Stahl aufblitzte, wie seine Spitze dem Schwarzkopf den
Bauch dort, wo das Brustbein aufhörte, zu streifen schien
und einen Schlitz hinterließ, hinter welchem, noch bevor
die Ränder dunkel anliefen, weißes Pansenfett zum Vorschein kam, wie die Hand das Messer fallen ließ und nun,
alle Finger gerade und zusammengedrängt, gleich einem
Habicht, der einem Sperling nachstürzte, in den Schlitz
eindrang. Ich sah und spürte, wie der Körper zusammen-
zuckte, wie sich ein Krampf auslöste und wie die Kraft,
gegen die ich zu kämpfen hatte, ungemein wuchs. Aber
ich wußte, daß ich die Füße, die ich festhielt und von dem
Körper wegzerrte, auf keinen Fall loslassen durfte. So biß
ich die Zähne zusammen und straffte alle meine Sehnen.
Der Kampf des Schwarzkopfes dauerte lange, vielleicht
eine ganze Minute, wenn mir dieser Begriff damals ge-
läufig gewesen wäre. Als er dann endlich verging, als ich
spürte, wie die Kraft Hauch um Hauch nachließ und
schließlich erlosch, sah ich die leblosen Füße meinen
Händen entgleiten, sie blieben in der Luft stehen, bewe-
gungslos, über dem Körper, gleich Stummeln von toten
Ästen.

Da wurde mir bewußt, daß ich keinen Schwarzkopf mehr hatte; daß es keinen Schwarzkopf mehr gab, nicht in der Herde, nicht auf der Erde: nur den Haufen Fleisch, der aber auch nicht lange dasein würde.

Großmutter sagte, daß ich gegen Mittag die Herde auf den Sattelfelsen lenken und selbst nach Hause kommen sollte, um Fleisch zu essen, das dann gar gekocht sein würde. Ich kam nicht nach Hause, obwohl ich Hunger verspürte und ihn mit der Handvoll steinharter Aarschy, die ich im Tonlatz neben meinem Glühstein trug, stillen mußte. Ich mochte das Fleisch nicht. Mit Schreck und Widerwillen dachte ich an die Schlachtung zurück. Nun fielen mir Einzelheiten von dem Ende des Schwarzkopfes ein, die ich zunächst nicht so zur Kenntnis hatte nehmen können. Zum Beispiel, wie der Urin auslief, als die Hand hinter dem Schlitz verschwand, immer weiter vordrang und wohl nach dem Etwas zu suchen begann, das durchrissen werden mußte.

Die Kälte hielt an. Die Spätlinge vom vergangenen Herbst konnten nicht mehr laufen und nach Gras suchen. Immer wieder blieben sie stehen, zusammengedrängt, jeder in sich verkrochen, und zitterten. Ich trieb sie auseinander und vorwärts, ich tat es, damit sie nicht erfroren. Auch ich selbst fror arg, aber ich wußte im Gegensatz zu den Lämmern, daß ich mich ständig zu bewegen hatte, um nicht zu erfrieren. Außerdem hatte ich ja meinen Glühstein, nun war er mir tatsächlich von Nutzen, war mir eine kleine Sonne.

Arsylang ging hinter mir, geduckt, wie mir schien, wie auf der Lauer. Manchmal begegneten sich unsere Blicke, ich sah, er wartete auf einen Wink von mir. Allein ich fand keine Kraft in mir, etwas zu unternehmen, um die Schranke zu beseitigen, die zwischen uns geraten war.

Am Abend, heimkehrend, fand ich den Kessel voll Fleisch. Mir kam es irrsinnig vor, daß man soviel Fleisch gekocht hatte, vor allem, weil deshalb der Schwarzkopf sterben mußte. Großmutter, die schon lag, wollte wissen, ob mir am Tag die Herde keine Zeit gelassen hätte, schnell nach Hause zu rennen. Ich bejahte die Frage kurz. Doch vermochte ich mich nun nicht länger zurückzuhalten vor dem Fleisch, das dampfend zu einem Hügel auf dem Trog lag und in allen Einzelheiten zu erkennen war. Der Geruch war zu stark, betörte. Der Widerwillen, den ich in mir den ganzen Tag und sogar auch soeben gespürt hatte, wich zurück, der Hunger war stärker. Ich stürzte mich gierig auf den Haufen und verschlang das Fleisch. Seltsam, je voller mir der Magen wurde, desto dumpfer wurden mir die Sinne, und zum Schluß dachte ich wohl schon nicht mehr daran, daß das Fleisch, das so gut schmeckte, von dem Schwarzkopf stammte, an dessen quicklebendigem, stolzem Anblick sich meine Augen so lange erfreut hatten und an die Auslöschung dieses erhabenen Bildes ich die Hand mit angelegt hatte.

Am nächsten Morgen fiel mir auf, daß Großmutter bettlägerig geworden war. Doch erzählte sie weiterhin ihre kleinen Alltagsgeschichten aus vergangenen Jahren, und das sanfte Lächeln auf ihrem alten, knittrigen Gesicht begleitete sie:

Schwarzkopf war ein Waisenlamm, seine Mutter war bei der Geburt vom Wolf gefressen worden. Großmutter hatte ihr Fehlen festgestellt und hatte nach ihr gesucht. Als sie sie endlich fand, lag sie im Schnee, und neben ihr stand zitternd das Lamm. Es war beinah am Erfrieren und war auch hungrig. Es war nicht dazu gekommen, die Erstlingsmilch zu trinken. Da sah Großmutter das pralle Euter, das unversehrt geblieben war, sie faßte es an, es war noch lauwarm, der Wolf mußte sich soeben bei ihrer Ankunft entfernt haben. Großmutter hockte nieder und hielt das Lamm an das Euter. Das Unglückswesen, das ohnehin nach dem mütterlichen Euter gesucht hatte, fand die Zitze schnell und begann daran zu lutschen. Es trank dann auch an der anderen Zitze, und der Heißhunger schien gestillt. Großmutter steckte das Waisenlamm in den Brustlatz und ging nach Hause. Sie spürte zuerst Kälte und dann Wärme, und als sie ankam und es aus dem Brustlatz herausholte, fand sie es friedlich schlafend. Sie bündelte es wie ein Baby ein und behielt es die Nacht bei sich im Bett. Am Morgen bekam es eine neue Mutter. Es blieb am Leben, gedieh. Es war gut gewesen, daß es die Erstlingsmilch aus dem Euter der Mutter noch hatte trinken können. Denn das war jene Milch, die dickflüssig war und goldgelb schimmerte. Wer sich daran nicht hat satt trinken können, der gedieh schwer. Das war bei allen Lebewesen so. Nicht umsonst sprach man von dieser Milch als von Feuermilch. »Eßt von dem Fleisch und trinkt von der Brühe«, schloß Großmutter. »Aus dem Waisenlamm ist ein Hammel geworden und aus der einsamen Frau wieder eine Mutter, die eine Jurte voll Kinder hat – hätte es sich je besser ergeben können?«

In der Nacht darauf erwachte ich plötzlich. Feuer brannte im Herd, dazu auch die Dshula im Dör. Dies, obwohl auch die Ölleuchte brannte. Großmutter saß an ein hohes Kissen gelehnt, das aus zusammengerollten Kleidungsstücken bestand. Vater und Mutter saßen ihr zu beiden

Seiten; jene sprach, und diese hörten ihr schweigend zu und sahen dabei einander an. Großmutter sprach von zwei Dungkörben, die mit dem Boden nach oben zu liegen hatten, ihren Kleidern und einem Körper, der weder Schmerz noch Kälte spüren würde.

»Du weißt doch, Schynyk«, sagte sie und hielt inne, aber Vater antwortete ihr nicht. Da fuhr sie fort: »Alle Kleidungsstücke verfeuern, so ist es am saubersten.« Obwohl ich diese Worte hörte und Großmutter dabei sah, wie sie sprach, konnte ich nicht begreifen, worum es ging. Das andere mit den Dungkörben und dem Körper kam mir noch geheimnisvoller vor. Denn was vorher gesprochen worden war, hatte ich nicht hören können, da hatte ich noch geschlafen.

Nun sprach sie Segenssprüche. Sie galten den Eltern, ihren Kindern, auch den Menschen im Ail und Aimak. Dann ging sie dazu über, den Altai samt seinen Bergen, Steppen, Tälern, Flüssen, Seen, Wäldern und dem Himmel darüber lobzupreisen. Diese Lobpreisungen kannte ich längst auswendig, denn man hörte sie von den Erwachsenen alle Tage und verwendete sie selber auch, wenn sich nur die Gelegenheit dazu ergab. Da merkte ich, daß Großmutter einige Verse verwechselte; sie hatten dem Himmel gegolten, nun wurden sie plötzlich auf die Erde gemünzt.

Das verwunderte mich sehr, denn so etwas konnte bei anderen Menschen durchaus vorkommen, nicht aber bei Großmutter. Doch hörte ich dem, was da im matten, zittrigen Schein des stillen Dungfeuers und der Ölleuchte und der Dshula in der nächtlichen Stille vorgetragen wurde, mit Genuß, ja mit Andacht und mit Überzeugung zu. Da aber brach es ab, und Großmutter wollte, wie mir schien, seufzen, denn sie stieß geräuschvoll die Luft nach außen, zog sie jedoch darauf ebenso geräuschvoll und lange zurück. Es wurde still. Es war eine andere Stille als die vorher, die in kleinen Bruchteilen immer dagewesen war und die Zwischenräume in den Versen Großmutters ausgefüllt hatte. Und von ebendieser Stille, die nun einer Leere glich, empfand ich kalte und heiße Wellen auf mich strömen, ich empfand die Hitze und die Kälte so deutlich, als wenn ich zwischen brennendem Herd und offener Tür säße. Nur dauerte es mit der Stille nicht lange, Vater brach sie: »Höörküj awam dshoj bardy oj!« – Arme Schwester ist davongegangen!

Das war laut geflüstert, vielleicht darum wirkte es wie herausgezischt, wirkte erschreckend. Mutter fuhr zusammen: »Uj dshüü didri sen?!« – Uj, was sagst du?!

Diese zwei Schreckensrufe sind mir im Gedächtnis geblieben wie zwei Formeln, und sie begleiteten mich neben den Versen, Sprüchen, Gesängen und weiteren festgeformten Worten durch das weitere Leben, ohne sich mit der Zeit abzunutzen, ohne ihre Ecken und Enden zu verlieren und sich so zu einem Krüppel, zu einer deformierten und ausdruckslosen Masse zu verwandeln.

Ich erhob mich. Ich tat es, um besser sehen zu können, um mir Gewißheit zu verschaffen, ob Großmutter tatsächlich schon gegangen war, wie Vater soeben behauptet hat, oder immer noch da war, wie mir scheinen wollte. Ich sah, sie war noch da, saß zurückgelehnt und hielt die Augen zu, als würde sie nachsinnen. Aber da wurde ich von Vater gesehen, er gab Mutter ein Zeichen, diese kam, zog mich an den Schultern zurück und steckte mich in den Fellton, in dem ich gelegen hatte, und flüsterte bestimmt: »Bleib liegen und schlafe weiter!« Darauf nahm sie meinen zusammengerollten Ton, der ihr als Kopfkissen gedient hatte, und legte ihn vor meinen Kopf, so daß mir nun der Blick versperrt blieb.

Ich war verwundert und verschüchtert, fand nicht den Mut, den Ton zur Seite zu schieben. Ich lag still und lauschte. Ich konnte, was da nebenan geschah, eben nur lautlich vernehmen und das Abgelauschte in die Wahrnehmung anderer Sinne übertragen. Und so meinte ich, man zöge Großmutter aus, bände ihre Sachen zu einem Bündel zusammen, Mutter nähte etwas . . . Dann wurde ich vom Schlaf überwältigt . . .

Ich erwachte spät. Man hat mich nicht gerufen und geschüttelt, wie sonst, sondern mich schlafen lassen, bis ich von selber wach wurde. Zuerst sah ich den Dachkranz und die oberen Enden der Dachstreben, gleißend flutete das Sonnenlicht in die Jurte; darauf sah ich den blaustrahlenden Himmel dahinten; beides, Licht wie Himmel, kam mir sonderbar vor, so, als hätte ich nach ihnen gesucht, auf ein Wiedersehen mit ihnen gewartet und etwas gedacht, was ich ihnen mitteilen müßte. Mein Blick wanderte in dem Jurteninneren weiter nach unten, dorthin, wo Großmutter immer gesessen und aus ihrem Sawyl Tee geschlürft hatte, wenn ich geweckt wurde, den weckenden Ruf hörte, den weckenden Ruck spürte, gegen den Ruf, den Ruck und den Schlaf gleichermaßen kämpfte und schließlich die Augen öffnete.

Großmutter war nicht da. Auch ihr Lager war geräumt. Die drei Schaffelle, die übereinanderlagen, worauf sie saß, waren nicht da.

Nicht einmal ihr Gehstock war zu sehen. Anstatt ihrer und anstatt all dessen sah ich Dügürshep. Das war der ältere der beiden Söhne des Nansyka, Vater der anderen Torlaa, die damals die Kleine und später die Bleiche Torlaa genannt wurde. Die unsere war die Rote. Der Ail von Nansyka überwinterte in Hany Dsharyk, im Bergtal nebenan. Manchmal sah man den Rauch oder hörte das Hundegebell von dorther, aber man hatte doch nicht das Herz gehabt, hinzugehen. Nun saß dieser Dügürshep im Dör und aß. Vater saß neben ihm und aß mit. Mutter hantierte im Küchenteil. Dabei erzählte sie. Sie erzählte von einem Menschen, den sie mit dem bemitleidenden Wort Höörküj bedachte. Dieser Mensch hatte vor langer Zeit gesagt, er würde selber sagen, wenn es soweit sein würde, und nun hatte er gesagt, es wäre soweit, und es hatte gestimmt.

Ich stand auf, fuhr in die Stiefel und in den Ton, legte den Gürtel an und trat hinaus. Dabei sagte ich nicht ein Wort und hörte von den anderen auch nichts. Die Hürde war leer. Der Zipfel einer Herde verschwand gerade hinter dem Bergfinger unterhalb des Eser-Haja, das mußten die Hendshe sein. Auch Arsylang war nirgends zu sehen. Zum ersten Mal ging ich bis zu den Felsbrocken, hinter die die Erwachsenen gingen, um ihre Notdurft zu verrichten. Ich tat es, obwohl ich wußte, daß ich, wo ich nur wollte, hinpullern durfte, ich hätte, wenn es mich danach gelüstete, auch gehend oder gar hüpfend pullern dürfen. Nur dachte ich nun nicht ans Spielen, nicht daran, daß ich das jüngste, das einzige Kind im Ail war. Die Pferde standen unterm Sattel, schimmerten alle hell im Rauhreif, der sie am ganzen Körper bedeckt hatte. Wer könnte mit dem Scholak Dorug weggeritten sein?

Alle unsere Pferde waren zahm, aber dieses war am zahmsten, man konnte es, beladen oder bepackt, loslas-

sen und mit den Ochsen vor sich hertreiben während der
Umzüge. Nun stand es mit meinem Sattel gesattelt, aber
die Decke war ein Filz, der dem Pferd bis unter den
Bauch ging. Wurde es etwa beladen? Zwei Dungkörbe
standen draußen nebeneinander; sie haben gestern Abend
nicht dort gestanden, der eine hat Deskenwurzeln enthal-
ten, und der andere ist zwar leer gewesen, aber er war
umgekippt, und die Haut des Schwarzkopfes lag darüber, die holzsteif gefroren war und in der Kälte getrocknet werden sollte. Nun standen sie beide leer neben der
Rauchopfersäule und sauber aneinandergereiht wie nach
einer getanen Arbeit. Ich entdeckte noch die Spuren eines
weiteren, vierten Pferdes. Es waren kleine Hufe, an den
Vorderfüßen wohl frisch beschlagen.
Ebenso unaufgefordert wusch ich mir die Hände und sogar das Gesicht. An anderen Tagen hatte ich mir das
Gesichtwaschen morgens gewöhnlich erspart, da ich behauptete, ich würde es tags bei der Herde sooft mit
Schnee reiben müssen, um einer Erfrierung der Gesichts-
teile vorzubeugen; in Wirklichkeit tat ich es nur sehr
selten, und dies nur dann, wenn mir die Wangen, das
Kinn oder die Nasenspitze wirklich abzufrieren drohten.
Nach so einer Schneewäsche fror man zunächst noch
schlimmer als vorher, aber dies nur kurz, denn sobald die
Haut getrocknet war, spürte man Wärme oder manchmal
sogar eine kleine Hitze in den Hautporen, gleich einem
Tierchen, das sich darin bewegte.
Fleisch war gekocht, obwohl das vom Vortag noch nicht
aufgegessen sein konnte. Und in der Brühe schwammen
Reiskörner, was mich an einem anderen Tage zittrig ge-
macht hätte. Ich war schnell gesättigt, ging sogleich zu
meiner Herde. Keiner zwang mich dazu, aber auch keiner

versuchte, mich davon abzuhalten. Überhaupt sagte man
mir nichts, was von Belang gewesen wäre. Ja, man sagte
mir nicht, was mit Großmutter geschehen, wo sie hinge-
kommen wäre. Aber so war es vielleicht doch besser,
denn nichts war mir schrecklicher als ein Gespräch, das
Großmutter betroffen hätte. Gleichzeitig aber wollte ich
so sehr wissen, was mit ihr geschehen und wo sie nun
war. Ich erreichte die Herde in Gysyl Göschge, sie hatte
sich schon gewendet. Arsylang lief auf der anderen Seite.
Er sah mich und rannte mir entgegen. Er kam mit unver-
minderter Geschwindigkeit an, drehte sich scharf im
Bogen um mich, warf sich vor mich hin und winselte
leise. Wußte er denn Bescheid? Welche Frage – natürlich
mußte er es wissen!
Vielleicht ist er sogar mit dort gewesen?
»Arsylang! Wo ist Großmutter?«
Der Hund sprang auf, drehte sich mit dem Kopf nach
Westen, blickte scharf hin und spitzte dabei die Ohren. So
stand er. Ich fühlte irgendwie: Würde ich ihn erneut danach fragen, wo Großmutter war, oder noch besser nach
ihr rufen, und so rufen, daß meine Stimme von den Felsen ringsum widerhallte: En-eeej! En-eeej! En-eeej!... Da
würde sich mein vierbeiniger Gefährte auf der Stelle auf
den Hintern hocken, die Schnauze gen Himmel richten
und in jenes langgezogene fürchterliche Geheul fallen.
Aber das wollte ich nicht, keinesfalls, denn ich fürchtete
mich vor Arsylang, vor mir selbst und vor dem, was
ringsum um uns geschehen war und wovon ich irgendwann erfahren würde. Ebenso fühlte ich: Würde ich nun
dorthin, wohin er blickte, laufen und dabei immer wieder rufen: Tuh! Tuh! Tuh!... Er würde mitkommen, mir
ein kleines Stück vorgehen und mich hinbringen. Aber

das war es wohl, wovor ich mich am meisten fürchtete.

Ich hätte so gern gewußt, was mit meiner Großmutter geschehen war, doch fürchtete ich mich davor, die Wahrheit zu erfahren, mit der Wahrheit, die eine schwere, eine harte, eine bittre sein würde: von Angesicht zu Angesicht ihr ins Auge schauen. Denn ich ahnte, was mit Großmutter geschehen sein könnte, entgegen dem, was sie mir noch gestern, vorgestern, vorvorgestern – Tag für Tag eingeredet hatte. Die Ahnung war quälend. Aber ich wollte lieber mit der Ungewißheit leben, die doch auf einen Schimmer Hoffnung auslief.

Am Abend, zurückgekehrt mit der Herde zu Hürde und Jurte, erfuhr ich, wer die große Herde gehütet hatte: Galdarak, der jüngere Bruder Dügürsheps. Er trank Tee, aß Fleisch und erzählte dabei, was er im Laufe des Tages alles gesehen, woher der Wind geweht, wie sich die Herde verhalten hat und ähnliches. Dann ritt er davon.

Ich blieb allein mit Vater und Mutter. Zum ersten Mal war unsere Familie so klein. Ich tat geschäftig, zerdrückte viele Zecken, verbrachte den Abend mit gespannten Sinnen. Aber kein Wort fiel, das Großmutter getroffen hätte, die noch gestern um diese Zeit auf ihrem Lager gelegen und an der Fortsetzung ihrer Geschichten gearbeitet hatte. Nun lebten wir, als hätten wir sie nie gehabt, nie gekannt.

Während ich mich über die Lämmer beugte, ihnen den Hals abtastete, nach Zecken suchte, welche fand und zerdrückte, hörte ich immer noch ihre weiche, klangvolle Stimme und sah das gütige Lächeln auf ihrem faltigen Gesicht, das einem Spinnennetz glich. Mit der Zeit wurde das Geheimnis immer luftiger. Manch einer, der zu uns kam, fragte mich neckend, wo meine Großmutter mit dem kahlgeschorenen Kopf wäre, oder manchmal so direkt, ob ich Sehnsucht hätte nach meiner Großmutter, die ins Salz gegangen wäre.

Ja, dieses Ins-Salz-Gehen! Ich kannte es schon: Einmal sollte ein Baby zu uns kommen, wir hatten so auf es gewartet, aber dann sah man es nicht, es hieß, es hätte sich verirrt und wäre, anstatt zu uns zu kommen, ins Salz gegangen.

Salz war in jener Zeit tatsächlich eine Rarität; Leute gingen ins Salz, mit Kamelen, es dauerte lange, bis sie zurückkamen, und wenn sie endlich kamen, brachten sie viel Salz mit. Alle teilten das Salz, was bei dem einen oder anderen noch übriggeblieben war. Ich mußte doch selber oft zu den Nachbarsleuten rennen, um sie um eine Schale Salz zu bitten, und manchmal war es nur eine halbe Schale.

Aber auf solche Fragen antwortete ich nicht. Mutter tat es für mich oder Vater, und da hieß es: Großmutter würde erst dann kommen, wenn ich schon groß geworden, erwachsen wäre. Dem stimmten alle zu, auch die, die mich zuerst geneckt hatten, seltsamerweise, der Zweifel, der sich in mir erneut aufbäumte, an dem zerrte, was ich gesagt bekommen hatte, legte sich wieder, und ich war fürs erste wieder beruhigt.

Ich mußte Ruhe bewahren und abwarten, verständlich, daß mein Hirn damals dieses vollkommenen und vollendeten Gedankens noch nicht fähig war. Aber die Einsicht muß in irgendeiner Form in mir gewesen sein, denn ich blieb nicht nur vor dem, was geschehen war, sondern auch, was noch geschehen würde, zahm und still, war schicksalergeben – ganz entgegen meiner Natur. Gut war nur, daß Arsylang und ich wieder zueinandergefunden hatten. Wir hüteten die Herde wieder mit- und füreinander. Wir gingen unserer Pflicht gewissenhaft nach, auf die kleine Herde aufpassen, das war der Inhalt unseres Lebens.

Gut war auch, daß ich wußte, die Geschwister würden zurückkehren. Nicht gut aber war, daß sie dann doch wieder wegmüßten, immer wieder wegmußten. Aber nicht nur das. Ich empfand in mir die Unruhe wachsen, daß es nun schon nicht mehr lange dauern würde, bis auch ich daran sein würde, die Herde, Arsylang, das Zuhause, die Eltern, die Schwarzen Berge – alles verlassen zu müssen, was bisher zu mir gehört hatte. Der Gedanke erweckte den Zweifel, der zu weiteren Gedanken führte und in eine Angst mündete: Ob Großmutter mich wiederfindet, wenn ich nicht mehr zu Hause war? Was aus unserer, nun meiner Herde werden würde? Was mit der Jurte, die herbeigeschafft werden sollte und in der ich mit Großmutter leben wollte? Vielleicht würde ich eines Tages ein Lehrer oder sogar ein Darga werden und vom Gehalt leben statt vom Vieh? Dann würde ich wohl in einer lehmverschmierten Hütte aus Lärchenstämmen wohnen wie die vornehmen Leute im Sumunzentrum? Was ja hieße, ich würde nie mehr eine eigene Jurte haben, sie ab- und aufbauen und mit ihr herumziehen durch die vier Jahreszeiten und über die vier Flüsse, von den Bergen in die Steppe, dann in andere Berge, an den See und zurück?! Was auch hieße, alles, was ich bisher hatte und was mein gewesen war, würde ich verlassen müssen und zu dem nie wieder zurückkommen können?!

Solche oder ähnliche Gedanken bevölkerten meinen Kopf. Sie kamen wie Schattenfetzen auf mich zu, ließen sich inmitten meines Lebens nieder, verweilten und machten sich irgendwann wieder davon, ohne daß ich es merkte. Ich lebte mein Leben, so wie es mir gegeben war. Das, was vorher gewesen war, das war gewiß schön, und ich erinnerte mich auch gern daran. Aber dabei empfand ich kein Verlangen danach, das Gewesene zurückzuholen. Ich wußte wohl instinktiv, daß ich mich an dem festzuhalten hatte, was mir noch geblieben war: die Herde und der Hund.

Das Jahr der Gelben Kuh ging zu Ende. Es hatte wie alle Jahre davor und wie einige danach auch noch aus vier Teilen bestanden, die Jahreszeiten hießen und aufeinanderfolgten. Sie schienen krachend ineinanderzufallen wie die einzelnen Wandgitter der Jurte. Und dieses kam wohl von den Ereignissen, die sich hart voneinander abgrenzten und aus welchen das Nomadenleben bestand.

Noch bei der Gelben Kuh waren wir nach Ulug Gyschtag, unserem Großen Winterlager, umgezogen. Es lag einen Kamm und zwei Pässe weiter in den Bergen. Wodurch man sich von den Leuten noch weiter entfernte, aber dem näherte, was von den Weiden noch übriggeblieben war. Und dieses letztere war wichtiger schon wegen der Muttertiere, die sich unter ihrer anschwellenden Frucht immer schwerfälliger schleppten und zusehends abmagerten.

Arsylang

Der Kuh folgte der Tiger. Man fürchtete sich vor ihm insgeheim. Aber dabei vergaß man nicht, etwas zu finden, womit man sich trösten konnte: Weiß war er, diesmal in Farbe. Der Weiße Tiger kam, konnte man meinen, auf weichen Pfoten angeschlichen. Still war es davor und danach. Das Schagaa glich nicht dem, was sonst immer gewesen war. Es hieß, die Blutruhr wäre unterwegs. Niemand kam von draußen. Das Fleisch und der Boorsak, von der Gelben Kuh für den Weißen Tiger zubereitet und zurückgelassen, wollten nicht zu Ende gehen. Trotzdem das neue Jahr und damit der erste Frühjahrsmonat schon da war, herrschte noch grimmige Kälte. Am neunten fiel Schnee und am siebzehnten schon wieder. Dieser zweite Schnee war von Vater vorausgesagt und so von allen erwartet.

»Was wird da am zweiundzwanzigsten erst werden?« hieß es da. Und man war längst auf der Hut, lebte schweigsam und gesammelt. Da schneite es in der Nacht vom einundzwanzigsten zum zweiundzwanzigsten erneut; es war ein schwerer Schnee, es hörte erst gegen Mittag des nächsten Tages auf. Dem folgte der Sturm. Der Schnee, der zuerst gefallen war, kam wieder in Bewegung, der Himmel und die Erde fielen zusammen. Das Dshut war da. Die große Herde wurde dort hingebracht, wo sonst die kleine weidete. Die Hendshe blieben stehen, wo sie die Nacht verbracht hatten, und bekamen spät am Tage etwas Heu zum Fressen, und dies wie kleine diesjährige Lämmer: in Bündeln an einem straff über ihrem Kopf gespannten Strick. So auch am nächsten Tage. Aber dann mußte man sie dort wieder rauslassen, es war zuwenig Heu da. Berg und Steppe lagen in grellem Schwarzweiß, wie zerschlagen, in einem Meer von Scherben. Ermüdend wirkte das auf das Auge. Und ein Wind blies, der zu sägen und zu schneiden, zu sticheln und zu rupfen schien, an allem, was ihm in den Weg kam. Er zischte und heulte dabei pausenlos. Die Hendshe fielen in Gelärm, als sie in diesen Wind traten.

Sie rannten, von dem Wind getrieben, eine Weile, ermüdeten dann, sie versuchten den Kopf einander unter den Bauch zu verstecken vor dem Wind und der Kälte, die zwickte und brannte, sie konnten kaum weiden.

Auch ich fror und zitterte. Der Glühstein allein reichte nicht, mir beide Hände und das Gesicht warm zu halten. Die Fingerspitzen, der Handrücken, die Nase, die Wangen und das Kinn brannten und schmerzten, auch anderswo, an den Waden und am Hals, fror ich.

Selbst Arsylang ging mit eingezogenem Schwanz und hielt den Kopf schief, wenn wir quer durch den Wind gingen, der wie mit Flammen peitschte.

»Was machen wir bloß?« fragte ich Arsylang, auf den zittrigen Haufen deutend. Arsylang wußte es nicht. Also mußte *ich* es dann wissen, entscheiden. Und ich entschied, ich sagte: »Zurück, Arsylang, nach Hause!«

Wir trieben die Herde zurück. Es ging gegen den Wind, war schwer, aber dadurch, daß ich rief und Arsylang bellte und wir beide hin und her rannten, kamen wir schlecht und recht voran.

Mutter arbeitete in der Hürde, schaufelte den Schnee weg, brachte den körnigen, trocknen Mist vom Vorjahr zum Vorschein und breitete ihn anstelle des vereisten, frischen Mistes aus, den sie zusammengekratzt und aufgehäuft hatte. Sie sah mich an und sagte: »Ich hatte gedacht, sie würden sich warm laufen und so zum Fressen kommen.« Das klang unsicher, wie erklärend, dann aber sagte sie hart, wie tadelnd, ja fast drohend: »Nimm einen Armvoll von dem Heu, sieh aber, daß kein Halm in den Wind kommt!«

Die Hendshe drängten sich unter den Felsen, der die Nordwand des Steinwalles bildete und über der Hürde weit vorgebeugt stand. Dort war es windgeschützt, nur das Rauschen mit dem Gezisch und Geprassel zwischendurch war zu hören, und dies um so deutlicher als vorhin, im Wind selbst. Die Hendshe fielen zitternd und murmelnd über das Heu her, und ein jedes der Tiere begann mit einer solchen Hast zu fressen, die man bei ihnen vorher nicht beobachten konnte, auch nicht für möglich gehalten hätte. Dem sah auch Mutter zu. Sie sagte, daß ich Düüleesch und frische Pferdeäpfel holen sollte. Ich nahm meinen kleinen Korb, hing ihn um die Schulter und ging. Arsylang kam mit. Nach einer Weile wurden wir von Mutter eingeholt. Ich empfand Freude, als ich sie sah, ich dachte, daß in zwei Körbe mehr reinpaßten und davon die Hendshe mehr zu fressen hatten. Ich sagte aber nichts, schritt nur so schnell, wie ich konnte, um nicht hinter ihr zurückzubleiben. Was Mutter von sich hören ließ, war einzig ein an Arsylang gerichteter drohlicher Ruf, daß er nach Hause gehen sollte, was auf der Stelle befolgt wurde.

Wir gingen in Richtung Saryg Göschge, fanden unterwegs hier und da einen kleinen Haufen Pferdeäpfel, die noch dunkel aussahen und so als Futter noch taugen mußten. Sie waren steinhart gefroren, Schnee-, Stein- und Erdklumpen klebten daran fest. Es kostete uns Mühe, sie von diesen zu trennen. In Saryg Göschge, in der tiefen Mulde, war es windge- schützt, und Düüleesch waren dort viele, so daß wir die Körbe schnell füllen konnten. Dann aber hatten wir es schwer, eine Vorwärtsbewegung gegen den Wind war beinahe unmöglich. Mehrmals ruhten wir uns aus. Die- ses, das Ruhen, war schön: Wir drehten uns mit dem Rücken gegen den Wind, ließen uns hinplumpsen und blieben im Schutz des vollen Korbs sitzen, keuchend und mit geschlossenen Augen, aber bei vollem Bewußtsein, daß wir zunächst nicht mit dem Wind zu kämpfen brauchten.

Zu Hause angekommen, trennte ich den weichen, grasi- gen Teil vom Düüleesch ab und zerhackte ihn. Während ich damit beschäftigt war, taute Mutter den Pferdemist auf dem Feuer. Beides wurde in einer Schüssel zusam- mengemengt, und dann kam Salz noch darauf. Mutter sagte, als sie aus dem Beutel eine Handvoll Salz nahm und es auf die dampfende und würzig riechende Menge streute: »Soll lieber die gefräßige Meute am Leben blei- ben, als daß wir Menschen Wasser trinken!« Alles, was salzlos genossen wurde, bezeichnete man als Wasser. Ja, das Salz war so wertvoll und immer knapp.

Die Hendshe fraßen gierig, was wir ihnen vorsetzten. »Also«, sagte Mutter gewichtig, »es liegt an uns, ob sie am Leben bleiben oder nicht!«

Leider hatte Mutter unrecht. Oder doch, dann war es zuviel, und wir waren dem nicht gewachsen. Und das

war so: Am Abend kam Vater mit der großen Herde nach
Hause und berichtete, daß auf der Weide vier Lämmer
bereits erfroren und noch mehr nah daran waren. Er hat
den krepierten Tieren gerade noch die Haut abziehen
können – das machte man wegen des Wollsolls – und
gesehen, daß sie noch Fett auf dem Bruststück hatten.
Am nächsten Morgen kamen alle, die am Vortag beinah
erfroren wären, in die kleine Herde, und es waren ihrer
viele. Mutter und ich gingen zu zweit mit der neuen
Herde, und dabei nahmen wir die Körbe mit. Wir waren
wieder in Saryg Göschge und rupften Düüleesch aus und
lasen feuchte Pferdeäpfel auf, während wir die Herde hüteten. Die Kälte, ebenso der Sturmwind, dauerten an.
Ein Lamm krepierte. Es war meines, das Zweitwurf-
lamm von dem mittleren der drei Schafe mit dem
schwarzen Kopf und den Stummelohren. Die Schafe waren Schwestern und ähnelten einander so, daß man denken konnte, es wären Drillinge, aber wir hielten sie
auseinander, da sie verschiedenen Alters waren. Die älteste der Schwestern lebte schon nicht mehr, zum letzten
Sogum hatte ich sie auf Vaters Drängen freigegeben. Nun
kam diese neue Lücke in die Verwandtschaft.
Wir merkten es erst, als das Lamm schon tot dalag. Hätten wir es vorher gemerkt, da, als es taumelte, oder
wenigstens da, als es hinstürzte, wir hätten es vielleicht
noch retten können. Aber es war zu spät. Ich holte mein
Messer aus der Scheide am Gurt und begann Einschnitte
in die Bauchhaut des toten Lammes zu machen, noch bevor Mutter mir ein Wort gesagt hatte. Es war eine
Schwerstarbeit bei der Kälte. Die Hände froren, zuerst
die linke, die die Haut mit der rauhreifüberzogenen Wolle
straff zu halten hatte und später auch die rechte, die man

zur Faust geballt zwischen die Haut und den Körper stieß, diese war warm, solange sie dicht am Fleisch blieb, dann aber fror sie.

Mutter meinte, wir hätten besser aufpassen sollen. Wir taten es dann auch, nur geschah nichts mehr. Schwerbeladen und die Herde vor uns hertreibend, kehrten wir am Abend zurück und schickten uns sogleich an, Futter zuzubereiten.

Die große Herde hatte wieder Verluste, und wieder kamen am nächsten Morgen neue, nun auch ausgewachsene Tiere zu der kleinen Herde. Wieder gingen wir zu zweit mit den Körben, und wieder dieselbe Quälerei.

Wenige Tage vergingen, die Herde magerte zusehends ab, und dies trotz unserer Bemühungen. Verluste gab es hier wie dort. Jeden Morgen hatten wir ein paar tote Tiere wegzuschleppen, Vater und ich zogen ihnen zu zweit die Haut ab. Nun beherrschte ich das Handwerk schon besser. Die Häute wurden ausgebreitet und festgefroren, dann wurden sie abseits an einem Felsen aufgestapelt. Später wurden sie an der Hautseite wiederholt angefeuchtet und jedes Mal fest verdeckt, und zum Schluß, wenn sie verfault waren, wurden ihnen die Haare abgerupft. Der Stapel wuchs schnell in die Höhe. Die enthäuteten Tierleiber kamen hinter die sperrigen kurzen Felsen, die unterhalb der Hürde aus der Erde hervorschauten wie Reste eines entköpften Waldes. Arsylang schleppte sie mit hin, ließ sie aber liegen und rührte sie danach nicht an. Einmal schnitt ich ihm den Fettschwanz eines Schafes ab, das noch bei Kräften gewesen war, und Arsylang fraß ihn mit einem Mal, nachdem er einige Augenblicke unentschlossen daran geschnüffelt hatte. In der Folge gab ich Arsylang von jedem Tierkadaver immer das Stück, das ich für das beste hielt: neben dem Fettschwanz und dem Fleisch von der Hinterkeule auch die Leber.

Vater und Mutter waren die Strapazen der letzten Zeit anzusehen, sie waren schwarz in den Gesichtern. Die Wangenknochen sprangen ihnen vor, die Nasen wirkten seltsam groß. Sie magerten ab. Auch ich mußte abgemagert sein, denn ich fühlte eine große Ermüdung in allen Gliedern, meine Füße rutschten in den Stiefeln lose hin und her, und der zu tragende Korb wirkte von Tag zu Tag schwerer.

Wir standen beim Morgengrauen auf und legten uns erst in der finsteren Nacht zur Ruhe. Vater mußte oft ein paarmal aufstehen und nach der Herde schauen. Ein Hirte, der den Tag draußen bei der Herde verbringt, hatte seit eh und je nur zweimal am Tage – frühmorgens und spätabends – gegessen. Auch wir hatten nach dieser Regel gelebt, aber das ist dann stets immer ein gutes Mahl gewesen, das eine gewisse Geselligkeit in sich einschloß. Nun hatten wir keine Zeit dazu. Kaum waren wir wieder auf den Beinen, mußten wir den von der nächtlichen Kälte ausgepeitschten, zittrigen Tieren zu Hilfe eilen. Essen wurde etwas Nebensächliches. Es war gut, daß es Aarschy gab: Morgens steckte ein jeder eine Handvoll davon in den Brustlatz, meist hatte man ein Stück im Mund und lutschte daran; Aarschy stillte Hunger wie Durst. Manchmal fiel nachts, wenn man sich der Kleidung entledigte und den Gurt abband, ein vergessenes Stück herab, und es faßte sich warm, weich und fettig an.

Mit jedem Tag wurde die Herde dünner und dünner, kleiner und kleiner. Die Kälte und der Sturmwind dauerten an. Da setzte der Wurf ein. Jeden Morgen wurde die

Herde untersucht. Die Tiere, denen der Bauch herunterhing und wo Vertiefung zu sehen war, wurden abgesondert und in der Hürde zurückgelassen. Manchen tastete man auch das Euter ab; war es drall und warm, und waren die Zitzenspitzen rötlich, war das ein sicheres Anzeichen, daß das Tier bald lammen würde. Dennoch kehrte Vater abends meistens mit einem vollen, schweren Indshejek heim.

Nun konnte Mutter nicht mehr mit mir die Zweitherde hüten, da sie sich um die lammenden Schafe und um das Jungvieh zu kümmern hatte. Ich wollte weiterhin den Korb mitnehmen, aber die Eltern erlaubten es mir nicht, da sie fürchteten, ich könnte im Sturmwind umstürzen und von der Korbschlinge erdrosselt werden. Dafür sammelte ich Düüleesch und Pferdeäpfel zu Haufen, und Mutter kam im Laufe des Tages und holte sie ab.

Fast täglich hatte ich toten Tieren die Haut abzuziehen. Bei ausgewachsenen Schafen war es sehr schwer. Sie waren abgemagert, die Haut saß fest. Einmal in meiner Not erfand ich eine für mich einfachere Handhabung: Ich nahm meinen Glühstein in die Rechte und schlug damit auf die Haut ein, während ich sie mit der Linken in die Höhe zog und spannte. So enthäutete man gewöhnlich Großvieh. Bald darauf verfeinerte sich mein Verfahren: Ich sagte Arsylang, daß er in die Haut beißen und sie straff ziehen sollte, was er schnell begriff und mit großer Hingabe tat. Nun schlug ich mit einem Stein auf die vorgespannte Haut, und wenn mir der Arm erschlaffte, trat ich auch mit dem Fuß darauf, wobei es nicht ganz so gut klappte.

In jenen stürmischen Tagen brachte ich Arsylang ein weiteres Kunststück bei. Eines Abends krepierte auf dem

Heimweg wieder ein Tier. Ich schleppte es, bis ich mit meinen Kräften am Ende war. Ich mußte es liegenlassen. Was nicht sein durfte, denn es würde über Nacht steinhart frieren und am Ende die wertvolle Wolle verkommen, an der Vaters Kopf hing – so sagte er. Bei dieser Überlegung fiel mir ein: Der Hund könnte es schleppen. Darauf zeigte ich auf das tote Schaf und sagte: »Arsylang, faß!« Er biß hinein in das zottige Fell. Nun hob ich es hoch und wuchtete es auf seinen Nacken. Arsylang ging vorwärts. Er war stark. Ein Sprichwort, das jedes Kind kannte, lautete: »Bei einem Dshut haben es die Hunde gut und bei einer Pest die Lamas.« Und es traf in diesem Fall zu, ohne daß mein vierbeiniger Gefährte dafür etwas konnte.

Die abgemagerten Schafe gaben derzeit wenig oder oft gar keine Milch. Das Euter hing schlaff hinunter, gleich einem entleerten Beutel, die Zitzen blieben kalt und leblos. Die Lämmer schrien vor Hunger, saugten und lutschten an allem, was ihnen vor das Mäulchen kam: aneinander, an den zottigen Haarbüscheln ihrer Mütter, an den Fingern der Menschen und an den Säumen ihrer Kleidung. Mutter kochte einen Brei aus Mehl, Butter, Kräutertee und Salz, in den manchmal auch ein bißchen Milch kam. Mehl war eine Rarität, die wir nur an Festtagen zu kosten bekamen. Und die Milch wurde diesem und jenem Schaf, das etwas besser dran war als andere, tropfenweise abgezapft, und dies glich vor dieser Tiermutter und ihrem Kind einem Diebstahl. Mit diesem Brei wurden die hungrigen Lämmer ernährt. Das hohle Schmatzen der leeren Hornflasche verriet, daß das Lamm noch nicht satt war. Aber vom Sattmachen und -werden konnte nicht die Rede sein, es galt, gerade den Tag ir-

gendwie zu überleben und bis zum nächsten Tag durch-
zuhalten, der vielleicht ein besserer werden könnte.
Manchmal bekam ich ein Schälchen von dem Brei, und
da nahm ich mir vor, künftig, wenn die gute Zeit gekommen sein würde, nur noch Brei zu essen.

Manche Schafmütter wollten ihre Lämmer nicht anneh-
men. Das gab es auch in anderen Jahren, aber nun war es
wie eine Krankheit, ansteckend und verheerend. Wir
hockten während der Stillzeiten hinter einem Schaf, fest-
gekrallt am Euter, und sangen wie um die Wette. Ja, wir
sangen! Aber es ging nicht um die gesungenen Worte,
sondern ausschließlich um die Melodie, die klangvolle
Stimme und die Wiederholung: toega – toega – toega . . .
Doch kamen uns manchmal unbewußt kleine Reime auf
die Zunge:

    Liebst du dein Kind nicht toega – toega – toega
    Bist ein Bösewicht toega – toega – toega
    Nimmst du dein Kind an toega – toega – toega
    Wirst du ein Ardshupan toega – toega – toega!

Ardshupan war der gute Held der Märchen, welche ich
erfand und Arsylang erzählte. Ar- kam von Arsylang,
dshu- von einem meiner Namen Dhsuruk-Uwas, und
-pan war nach meinem Empfinden die Endung, die auf
große Tapferkeit hindeutete.

Vater sang:

    Solang ihr mit uns toega – toega – toega
    Sind wir die Reichsten toega – toega – toega
    Sobald ihr von uns toega – toega – toega
    Sind wir die Ärmsten toega – toega – toega!

Aber wen meinte er damit? Die dummen Schafe etwa, die
ihre Kinder dem Tod preisgaben, um einzig ihr bißchen
Leben retten zu können? Vielleicht meinte er aber die

Berge? Wohl ja! Denn sie gewährten Tieren wie Menschen Schutz vor Wind und Kälte. Und was erhielten sie dann nicht alles, Gräser und Kräuter, Zwiebeln und Wurzeln gegen Hunger, Wasser und Schnee gegen Durst, Desgen und Düüleesch gegen Kälte. Bei diesen Gedanken bekam ich Lust, auch die Berge, unsere Schwarzen Berge, lobzupreisen. Aber erst mußte ich damit fertig sein, was ich dem dummen Schaf gesagt haben wollte, das Wichtigste: Nimmst du dein Kind an, wirst du ein Ardshupan, willst du es nicht, wart bis zum Sogum!

Bei Mutter war es die Milch, die weiße, warme Milch, auf die sie sich berief. Die ganze Zeit sang sie das eine Lied:

Fließe, fließe Milch toega – toega – toega

Weiße, weiße Milch toega – toega – toega

Heiße, heiße Milch toega – toega – toega

Ströme, ströme Milch toega – toega – toega.

Dabei versuchten wir es auch immer wieder mit andern Mitteln. Wir beschmierten dem Tierkind den Hintern mit einer starken Salzlösung und steckten das Maul der Mutter gewaltsam in das salzgetränkte Lammfell, und diese, so sehr sie sich zuerst dagegen gesträubt hatte, kam zum Schluß doch auf den Geschmack, da sie sich das benäßte Maul belecken mußte. Ja, hatte sie es einmal getan, leckte sie sich lange ums Maul, wohl so lange, bis sie von dem Salzgeschmack nichts mehr spürte. Dann zeigte sich, was stärker war, die Gier auf das Salz oder der Starrsinn. War das erste der Fall, so ging sie noch einmal, aus freien Stücken, zu einer Kostprobe des ihr vorgefertigten Lekkerleckens. Geschah dies, dann war die Sache erledigt. Oft siegte aber auch der Starrsinn. Dann mußte man zum nächsten Mittel greifen: Man steckte dem Schaf einige

Finger in die Scheide, streckte und krümmte sie, und zwischendurch wischte man die Finger am Rückenfell des Lammes ab; wie viele Finger man da nahm und wie stark man sie krümmte, hing damit zusammen, wie es sich zeigte. Ein Schaf zeigte sich empfindlich, während ein anderes einem Stück Felsen glich. Dieser Nebenmittel bedienten sich die Erwachsenen, ich wußte von ihnen und sah zu, wenn sie angewandt wurden, blieb aber vorläufig nur bei meinem Gesang. Meine helle Kinderstimme wirkte bei den Tieren meist schneller als die der Erwachsenen.

Abends blieben wir sehr lange bei der Hürde, an klaren Tagen stand der Himmel voller Sterne, die einen blaugelben Schein ausstrahlten, der bis herunter fiel und vom Rücken der Herde abprallte. In diesem Schimmerschein der Sterne klebten wir immer noch am Schafeuter und laufend singend. Ringsherum lauerte die Finsternis, aus der das Frösteln auf einen kam wie auf endlosen Wellen, und es ließ ein jedes Mal ein Gähnen zurück. Wir versuchten es gewaltsam zu unterdrücken, von uns abzuschütteln. Alle hatten das Bedürfnis, auf der Stelle umzufallen und zwischen den Schafen sofort einzuschlafen. Allein wir mußten singen, singend das Eis aus dem Leib der Schafe heraustreiben und das Liebesgefühl freilegen und wiedererwecken.

Eines Nachts beschwörte Mutter den blauen Himmel herbei. Wieder waren Wolken aufgekommen, der Sturmwind hatte sich gelegt, die Luft roch nach Schnee, und die Finsternis lastete auf Jurte und Hürde, auf Mensch und Tier stumm und schwer.

Hast du noch Augen toega – toega – toega
Erblick mich Deedis toega – toega – toega

Hast du noch Ohren toega – toega – toega
Erhör mich Deedis toega – toega – toega.

In der Stimme kündigten sich nahende Tränen an.

Warum dies, warum, toega – toega – toega . . .

Sie waren da, die Tränen. Der Gesang brach ab. Und anstelle seiner waren Schnaufen und Keuchen zu hören. Ich nahm das neben mir wahr, fuhr aber selber fort. Auch Vater sang weiter. Er beschrieb der Tiermutter ihr Kind:

Weich-weiche Öhrchen toega – toega – toega
Schmal-schmales Mäulchen toega – toega – toega
dünn-dünne Beinchen toega – toega – toega
rund-rundes Schwänzchen toega – toega – toega . . .

Mutter hatte sich überwunden. Ihre Stimme erklang wieder kräftig, schien ausgeruht:

Bist uns doch Vater toega – toe. . .

Allein da stockte es, und ein Geschrei ertönte, das hell ansetzte und in ein dumpfes, endloses Glucksen fiel. Das Glucksen überschwappte schließlich in ein Geschluchze und Geröchel. Ich sah das Schaf, dem der unterbrochene Gesang gewidmet war, davongehen und das Lamm umfallen; seine davonreißende Mutter warf es um, es schrie zappelnd, aber das war ein leises, schwaches Schreien, genauso wie das Zappeln. Mutters Schluchzen und Röcheln war dagegen laut, ich hatte das Gefühl, daß die ganze Hürde es hörte und gespannt darauf wartete, was nun kommen würde. Da kam die Sprache, es ergossen sich Worte auf- und übereinander, sie galten dem Himmel. Man meinte, Mutter hatte den Himmel, diesen hartherzigen, alten Vater, am Schopf gepackt und rupfte an ihm. Und das erleichterte mich, denn das stumme Geschluchze und Geröchel war fürchterlich.

»Oh, was bist du für ein hartherziger Vater!« rief sie, den

Blick hinaufgerichtet, dabei fuchtelte sie mit beiden Händen, die zu Fäusten geballt waren.

»Der du uns so schwer bestrafst! Oh, was haben wir nun verbrochen?! Haben wir nicht in ständiger Furcht und in grenzenloser Ehrfurcht vor dir gelebt, ah?! Warum bestrafst du uns so hartherzig und grundlos, eeh? Sollten wir dich doch verwerfen und auf andere Reden hören! Ja, dir den Rücken kehren!«

So ging es weiter. Es war, als hätte jemand sie schwer beleidigt und als zankte sie sich nun mit ihm.

Vater und ich blieben bei unseren Schafen, setzten unsere Arbeit fort, singend. Um das, was Mutter in den nächtlichen schwarzblauen Himmel hinausrief, schrie, nicht mit anhören zu müssen, wollte ich für meinen Gesang schöne, schwere Worte erfinden. Allein die Worte, die ich brauchte, schienen sich hinter den Schafen versteckt zu halten, ich konnte sie nicht finden. Bei dem bloßen Toega-toega gelassen und auf krampfhafter Suche nach Worten, die es ergänzen sollten, lauschte und sah ich dem machtlos zu, was nebenan geschah, und dabei mußte ich mir gestehen, daß Mutter nicht ganz so unrecht hatte mit ihrem Ausbruch. Auch Vater wiederholte immer das mit den Öhrchen und Mäulchen und Beinchen und Schwänzchen; vielleicht erging es ihm auch so wie mir?

Zeit verging, und Mutter mußte sich wieder besonnen haben. Die drohenden Worte entwichen bittenden. Endlich stand sie auf und ging das Schaf suchen, das ihr entrissen war. Sie ging taumelnd. Ich wünschte mir, daß ich wenigstens ihr Taumeln nicht gesehen hätte, aber ich konnte den Blick nicht von ihr abwenden.

In jener Nacht kämpften wir besonders lange. Die Schafe waren zäh. Die Wolken senkten sich immer tiefer. Finster und eng wie in einem Loch wurde es. Und still war es. Es war mir, als ob man in einer leeren, finsteren Welt mit den dummen, starrsinnigen Schafen alleingelassen und verdammt worden wäre, fortwährend zu singen.

In der folgenden Nacht fiel der erwartete Schnee. Unerwartet war uns die Sonne, die die verschneite Welt dann beschien. Schon am Morgen taute der Schnee an der Südseite der Felsen, kleine, dunkle Ränder zeichneten sich um die Schneefetzen auf dem blauen Stein ab, vergrößerten sich und griffen zum Schluß aufeinander über. »Der Wind nun, und dann ist das Ende!« sagte Vater mit brüchiger Stimme. Mutter duckte sich, wie mir schien, betete flüsternd, den Blick zum Himmel gerichtet. In diesem Blick, in ihren Augen, saßen Angst und Reue.

Aber der Wind blieb aus. Die Sonne brannte fast sommerlich. Erst hing ein Blau über dem Schnee, dann senkte es sich und drang schließlich hinein. Die Luft siedete. Winzige Rinnsale zeigten sich hier und da an den Südhängen und wuchsen von Stunde zu Stunde. Wir standen sprachlos da vor Überraschung, vor Erwartung und vor Hoffnung und nahmen all das wahr. Zum Abend sahen Berg und Steppe schwarzbunt aus. Noch zwei Tage Windstille und Sonne, dann würde an den Sonnenseiten der Berge kein Schnee mehr haften bleiben.

Viele Spuren waren auf dem Schnee zu sehen. Mäuse, Hasen, Füchse, Steinmarder, Wildkatzen und Wölfe sind da quer und lang gelaufen. Die Spuren waren frisch, aber kein Lebewesen war zu sehen – seltsam!

Arsylang schnüffelte, lief mit geweckten Sinnen vorwärts; bei Wolfsspuren bellte und brummte er, manchmal scharrte er mit den Hinterpfoten Schnee, warf ihn hoch und ließ vor Aufregung Urin ab. Die Wolfsspuren waren seltener. Sie waren die größten, die Krallen stachen scharf in den Neuschnee; irgendwo hatte ich gehört, daß die wilden Tiere in schneereichen Jahren starke Krallen und Hufe hatten.

Sowie Arsylang in Aufregung geriet, war ich es ebenso. Angestrengt blickte ich in die Richtung, wohin die Spuren führten, und hoffte, etwas ausmachen zu können. Aber vergebens.

Ich wünschte mir, daß ein Steinmarder oder ein Fuchs oder gar ein Wolf, ja, am besten ein Wolf, in der Nähe wäre. Dann würde Arsylang ihm nachstürzen und ihn auch fangen. In dem Augenblick zweifelte ich nicht daran, daß Arsylang den Mut und auch die Schnelligkeit und die Kraft haben würde, jeden Feind zu bezwingen. Oh, das wär dann was! Wie würde ich das meinen Geschwistern erzählen! Und auch den anderen Ailkindern im Sommer! Denn dann würde mein Arsylang berühmt werden wie der Märchenhund Gysyl Galdar des Recken Hüreldej. Dann würden selbst die Erwachsenen sagen: »Dem Schynykbaj sein Jüngster, das ist ein toller Kerl mit seinem Hund Arsylang!« War meine Herde noch Hendshe zu nennen? Nur wenige Spätlinge waren übriggeblieben; die armen Wesen hatten gelitten, wahrhaft! Und die, in welchen die Lebensader noch klopfte, waren ausgelaugt und zerschunden, sie hielten sich mühevoll auf den Beinen. Doch man sah ihnen an: Der Lebenswille war da, die klapprigen und schaukeligen Wesen scharrten im Schnee und suchten nach Grashälmchen. Dieser Lebenswille ermutigte und bestärkte jeden in der guten Hoffnung, vielleicht würde der Wind tatsächlich ausbleiben? Vater war zuversichtlich gestimmt. Sein Gesicht hatte sich über den Tag erhellt. »Alles deutet darauf, daß das Dshüte endlich vorbei ist!« sagte er und lächelte, als er milchlosen, dampfheißen Tee trank.

Aber auch er hatte Spuren gesehen, Wolfs- und Fuchsspuren vor allem. Mehr noch: Er bekam Lust, ein wenig zu jagen. Vater war ein guter, ja ein erstklassiger Viehzüchter, doch ein schlechter Jäger. Das Plansoll der Jagd auf Wölfe und Füchse hatte er noch nie erfüllt. Die Felle kaufte er anderen Leuten ab, bezahlte sie mit Schafen: ein Wolfsfell drei, ein Fuchsfell zwei Schafe. Auch die fünf Berghühner und zehn Rebhühner hatte er nur schlecht und recht abgegeben, er schoß sie fast nie, er fing sie mit der Schlinge. Jedes Jahr war das so, und wenn die Jäger mit ihren Fellen kamen und die Schafe davontrieben, schimpfte Mutter mit ihm. Dabei hatte Vater eine gute Waffe, ein Mausergewehr. Er trug es manchmal auch mit sich, schoß aber nichts außer Murmeltieren. Und selbst diese nicht oft. Viele, die gute Jäger waren, machten sich lustig über ihn.

Nun wollte er jagen. Und dies mit Gift. Ja, das war damals gerade aufgekommen. Das weiße Pulver glich dem Eßsalz heute, und man sah es in den Jurten paketweise liegen, es wurde etwa zum Preis des Salzes in den Geschäften gekauft. Man nannte es Wolfsgift, vergiftet wurde aber damit alles, dem man den Tod wünschte: das Geflügel, das zum Trocknen ausgebreiteten Aarschy raubte, das Nagetier, das sich an die Jurte heranwagte, das Wild, dessen Felle man brauchte, aber dessen Fleisch man nicht genoß. Später wurde das Gift nicht mehr öffentlich verkauft, wurde verboten, und wer davon noch besaß, sollte es abgeben, damit es vernichtet wurde. Denn damals brach zum ersten Mal die Tollwut aus.

Aber damals, in jenem Frühjahr, war die Neuheit gerade

erschienen, sie hatte ihre Tücken noch nicht verraten, steckte immer noch in dem Glanz, den ihr die Herstellerfirma in Form eines Lobezettels beigepackt haben mußte, und hielt damit das trauselige Nomadenvolk in ihrem Bann.

Vater zerließ Butter, füllte damit ein Stück Schafdünndarm, legte die Wurst eine Weile draußen auf die Jurte. Und nachdem sie festgefroren war, schnitt er sie in zwei Finger breite Scheiben, dann wurde jede der Scheiben ein wenig ausgehöhlt, und zum Schluß kam in den Hohlraum das Gift; das Silberlöffelchen am anderen Ende des Verschlusses der Schnupftabaksflasche gab das Maß; in jede Scheibe kam ein Löffelchen Gift, dann wurde sie mit derselben Butter verschlossen, die vorher ausgehöhlt worden war. Die Scheiben, dreißig Stück an der Zahl, sahen farbig und spielerisch aus.

Nach getaner Arbeit wusch sich Vater nicht nur die Hände, sondern auch das Löffelchen, und dies mit warmem Wasser. Dabei erzählte er, daß der alte Schirning beim Schnupfen ohnmächtig umgefallen wäre, nachdem auch er Giftbutterscheiben hergestellt und das Tabakslöffelchen eingesteckt hatte. Er hatte es nur abgewischt, aber man mußte es auswaschen. Ich kannte den Alten und nannte ihn Eshej, wie alle Männer, die älter waren als Vater; man nannte ihn meistens Schirning-baj, denn er war reich und hatte einen Lawschak aus dunkelbraunem Samt und trug auch einen Schnauzbart, der ihm das halbe Gesicht verdeckte, da dessen Enden gezwirbelt und gestutzt waren. Nun stellte ich mir diesen Mann ohnmächtig vor und begann zu kichern. Mutter jedoch ließ von sich ein »Ihiij!« hören. Das machte sie immer, wenn sie Angst hatte. »Ihiij«, sagte sie abermals, »laß dann es doch sein, denn wer weiß.« »Ach, ich bin doch vorsichtig«, unterbrach Vater sie und fügte hinzu: »Wer weiß, der Deedis gibt mir mit diesem mehr Glück als mit dem Gewehr und der Schlinge.« Mutter sagte darauf nichts, sah aber Vater an, und dabei erhellte sich ihr Gesicht für einen kleinen Augenblick. Vielleicht würde Vater tatsächlich Jagdglück haben, wer weiß! Dann würde die kleine Schafherde, die Jahr für Jahr von uns gehen mußte, damit unser Jagdplansoll auch erfüllt wurde, in der eigenen Herde bleiben können. Das hatten wir bitter nötig. Und vielleicht würden mehr Wölfe und Füchse, als wir dem Staat schuldeten, in die Giftscheibe hineinbeißen und tot umfallen, dann könnte man die überschüssigen Stücke verkaufen, gegen Schafe und Ziegen und alles mögliche, was man brauchte. Warum konnten wir nicht tun, was andere Leute auch taten?

Wir brauchten ganze drei Stücke, Vater führte dreißig Giftscheiben mit sich; den Wölfen wie den Füchsen sagte man guten Spürsinn nach, nun würde dieser sie in den Tod führen, ha! Der Tag war wieder windstill. Die Sonne ging zuversichtlich an ihr Werk, stieg hoch und wärmte die Erde, die sich in der Nacht wieder abgekühlt hatte.

Die Hendshe hatten mit dem Glatteis zu tun, das sich hier und da an den Rändern der Schneeinseln gebildet hatte, doch gingen auch sie, die armen vierbeinigen Erdbewohner, mit ebensolcher Zuversicht wie die Himmelssonne ans Werk; eilten mit gerecktem Hals und gestreckten Gliedern vorwärts, suchten nach Grashälmchen auf der steinigen, blauen Erde, und sie scheuten sich sogar nicht davor, im Schnee zu scharren, obwohl er heute fester geworden war als gestern und sich ein dünner Harsch gebildet hatte, der unter ihren Hufen leise klirrend brach.

Bald, sehr bald, taute das Eis, und die Erde begann zu dampfen. Wieder zeigten sich Rinnsale, wuchsen; am Nachmittag waren es schon Bäche und Reiche, es glänzten Berg und Steppe. Die Hendshe wollten kein Düüleesch mehr fressen, sie wollten richtiges Gras und kalten Beifuß, der nun mit einem Male sichtbar war. Ich sah ihn da und dort, spürte seinen würzigen Duft von allen Seiten herüberwehen.

Die Spuren verloren die Richtung: sinnlos, wie verwirrt lagen sie auf den Schneefetzen, sie waren blau angelaufen, Arsylang beschnüffelte sie immer noch so fleißig wie am Vortag und war aufgeregt bei jeder Wolfsspur, die noch erhalten geblieben war. Nun hatte ich mehr Grund, an die Wölfe zu denken. Aber heute waren sie alle tote Wölfe. Die dreißig Giftscheiben, die Vater mit sich genommen hatte und inzwischen alle ausgelegt haben würde, bevölkerten meine Gedanken. Nun würden sie hier und da liegen und auf die Opfer lauern. Eine jede von ihnen, kreisrund und rotgelb, glich der Sonne. Die dreißig kleinen Sonnen erhitzten mich von innen. Vielleicht waren die ersten Wölfe und Füchse schon tot?! Oh, der Tag war lang!

Am Abend lief ich Vater entgegen. Den langen, gelben Frühlingstag hatte ich wartend hinter mich gebracht, nun reichte mir in den letzten Augenblicken die Geduld nicht aus. Von weitem versuchte ich auszumachen, ob Vater nicht ein paar Wölfe und Füchse hinter sich herschleppte. Nein, beide Hände waren frei. Ich ließ mich noch nicht enttäuschen. Es fiel mir ein, daß er jedem Wolf und Fuchs, den er erjagte, sofort das Fell abgezogen haben

müßte. Dann mußten die Felle hinten am Gürtel hängen.
So hatte ich manche Jäger gesehen. Doch auch das schien
nicht der Fall zu sein, denn nichts baumelte hinter ihm.
Aber da sah ich, der Indshejek war voll. Also dort! Viel-
leicht? Mit Herzklopfen kam ich bei ihm an: »Vater, was
ist im Indshejek?« »Lämmer, drei Stück, eines mit Stum-
melöhrchen und schneeweiß!« Ich war tief enttäuscht.
Mit erschlaffenden Gliedern dachte ich: Ach, bleib mir
mit deinen dummen Lämmern weg!
Doch wollte ich die Hoffnung noch nicht aufgeben,
fragte: »Und die Jagd?« Ich hatte fragen wollen, wo die
Jagdbeute wäre. Nun reichte mir der Mut nicht dazu.
Vater verstand mich, sagte: »Erst heute habe ich ja die
Köder ausgetragen!«
»Und wann gehst du nach ihnen schauen?«
»Morgen, übermorgen. Alle Tage.«
Mir wurde etwas besser.
»Die Herde hat sich heute satt gefressen!« sagte Vater
freudestrahlend zu Mutter. »Gleich wirst du es auch se-
hen!« Sie bestätigte es ihm: »Milch ist in den Eutern!«
Wir hatten weniger Arbeit als an den vorhergehenden
Abenden, obwohl wir immer noch draußen in der Hürde
blieben, immer noch uns heiser sangen, immer noch gäh-
nend hocken mußten im Schein der Sterne.
Es war der sechste Tag des zweiten Frühlingsmonats.
Seit dem ersten Schnee, der das Dshut angekündigt hatte,
war ein voller Monat vergangen. »Morgen ist der Ent-
scheidungstag!« sagte Vater und blickte in den Himmel
hinauf. In seiner Stimme wie in seinem Blick lag Zuversicht. Und er hatte recht damit. Das Wetter blieb, wie es
endlich geworden war, der späte, milde Frühling fuhr
fort.

In der Nacht träumte ich schwere Träume. Der letzte war jener, den ich schon vor langer Zeit geträumt hatte, der böse! Er hatte sich etwas gewandelt, aber ich erkannte ihn dennoch wieder: Blauer Schnee liegt ringsherum, bis über die Berggipfel, bis an die Enden der Steppen, überall, wohin das Auge blickt. Ich versuche aus dem Schnee herauszukommen, denn ich denke, der Schnee, der so blau ist, kann nicht gut sein. Allein ich weiß nicht, ob ich mich überhaupt fortbewege, denn der Schnee ist stumm, kein Laut geht von ihm aus, so sehr ich in ihn auch hineintrete. Ich empfinde Unruhe in mir, sie wächst, staut sich an, verwandelt sich in Angst, ich will schreien, habe aber keine Stimme und erschrecke. Da erscheinen mit einem Mal Arsylang, Großmutter und die Herde. Aber die Angst vergeht nicht nur nicht, sie nimmt zu, wird immer unerträglicher, denn ich merke, sie sind alle anders, als sie es waren, sie gehen, laufen nicht, sie schweben, und auch sie alle sind stumm: Arsylang bellt und heult, die Hendshe blöken, Großmutter redet. Ich sehe das alles ihnen an, doch kein Laut ist zu hören, alles bleibt stumm.

Ich bemerke noch, Großmutter ist sehr bleich im Gesicht, mager an den Händen und sehr alt geworden, die Herde besteht aus lauter toten Tieren, und Arsylang hat starre Augen, starre Glieder, fällt hin und kommt wieder auf die Beine, taumelt, ich sehe ihm an, er leidet schwer, möchte bellen und heulen, kann es jedoch nicht. Da höre ich plötzlich Gebell, höre auch ein Getrappel.

Ich erwachte und hörte Arsylang dumpf bellend davonpreschen. Vater rief draußen: »Tuh–tuh–tuh!« – »Was ist?« rief ich aufspringend, gleich darauf wieder, da keine Antwort kam: »Was ist, Vater?«

»Ein Fuchs!«

»Oh!«

Hastig fuhr ich in die Stiefel, warf den Ton um, sprang zur Tür. Ich sah keinen Fuchs, sah dafür Arsylang, aber dies auch nur für einen kleinen Augenblick. Denn schon verschwand er hinter dem Bergsattel oberhalb des Schagaa. Auch kein Gebell war zu hören.

Es war noch früh am Tag. Doch waren die Eltern schon bei den Schafen und arbeiteten. Sie hatten mich also weiterschlafen lassen. Ich zog mich an, klemmte in der Art der Erwachsenen unter jeden Arm ein Lamm und eilte ihnen zu Hilfe. Die Hürde schwappte, konnte man meinen, vom Gelärm der Schafe und der Lämmer über, aber für Bruchteile eines Augenblicks glaubte man eine Stille abzulauschen, die über der morgendlichen Erde herrschte. Der Anblick war seltsam: An den Felsspitzen klebte grellrot die Sonne, darunter lag noch ein Hauch Finsternis, und darüber stand hellstrahlend und sehr oben der Himmel. So scharf hoben sich Himmel und Erde voneinander ab, daß man unwillkürlich glauben mußte, zwischen Tag und Nacht zu stehen. Ich nahm all das wahr, erfreute mich daran auch, aber all meine Sinne waren dorthin gerichtet, wo der Hund und der Fuchs sein mußten. Ich wartete auf Arsylangs Rückkehr. Und wartend dachte ich über den Traum nach. Das war ein böser Traum, und ich mußte ihn ins Leere erzählen und darauf dreimal spucken. Ich hätte es schon tun sollen, als ich austreten gegangen war, nun steckte ich in der Arbeit, wurde von allen Seiten angestarrt und angeblökt. Ich konnte die dummen, ungeduldigen Lämmer und Schafe, die jede meiner Bewegungen verfolgten, nicht einfach stehenlassen und davonrennen, um den Traum loszuwerden. So mußte ich ihn vorläufig mit mir herumschleppen.

Er wurde mir schwer und schwerer mit jedem Haufen Zeit, die verging. Die Hürde leerte sich endlich, die Lämmer weideten. Arsylang kam nicht.

Nun waren es nur ein paar Schafmütter, die sich unsere Gesänge anhören mußten. Und es waren kurze Gesänge, mir aber fiel das Singen schwer. Arsylang kam nicht.

Die Lämmer, die sich satt getrunken hatten, wurden wieder eingefangen, die einen, die jüngsten, kamen wieder in die Jurte, und die anderen, die schon fressen konnten, kamen in den Ükpek zu den Hendshe.

Arsylang kam nicht.

Ich sollte frühstücken. Der Tee war nicht zu heiß, nicht zu lau, doch begnügte ich mich mit nur einer Schale und aß nichts dazu, steckte aber wie immer die Handvoll Aarschy in den Brustlatz.

Arsylang kam nicht.

Mutter fragte, ob der Hund nicht doch schon zurück wäre. Ich verneinte die Frage. Vater wollte etwas sagen, hielt aber inne und schlürfte geräuschvoll aus seiner gelbbunten Porzellanschale Tee.

»Seltsam!« sagte er endlich.

Die große Herde verließ die Hürde. Ich öffnete die Ükpektür, ließ meine Herde raus. Sie war wieder größer und ansehnlicher geworden durch die Lämmer, die ein weißes Fell hatten. Die Jungen, die erstmalig zur Weide gingen, rannten immer wieder zur Hürde zurück. Ich jagte ihnen hinterher und blickte zwischendurch in die Himmelsrichtung, aus der Arsylang kommen mußte. Aber er kam und kam nicht.

Sobald ich mich von der Jurte entfernt hatte, nahm ich

eine feierliche Haltung an, den Blick über die Steppe gehoben, die Arme leicht vorgestreckt und die Handflächen nach oben gewendet. Dann erzählte ich den Traum, spuckte darauf dreimal hintereinander. Nachdem ich diese Pflicht erfüllt, die Traumbürde von mir abgewälzt hatte, spürte ich eine kleine Erleichterung.

Die Sonnenstrahlen spürten sich heiß und spitz an wie im Sommer. Ein schwacher Dufthauch schlug an die Nase, riß ab und meldete sich nach einer Weile wieder. Er mußte vom frischen Grün kommen, obschon das Auge noch keine Spur davon zu entdecken vermochte. Eine Lerche kam hellglänzend gleich einem Gletschersplitter aus dem Blau herausgeschleudert, blieb in der Höhe eines Fangstricks stehen und flatterte mit den Flügeln, ich wünschte, sie sänge, allein sie war noch stumm.

Die Lämmer lärmten und spielten, schreckten sich zwischendurch, sprangen zuerst mit hellem Getrommel auseinander und drängten sich dann zu einem Knäuel, aber darauf begann das lärmende Spielen von neuem. Ihre älteren Brüder, die Hendshe, schienen sich daraus nichts zu machen, sie suchten strebsam nach Grashalmen und fanden auch welche.

Was hatte doch Großmutter immer erzählt? Vogelgesang wendete das Unglück ab, während Vogelschreie es herbeiriefen. Bruder Galkaan hat einmal gemeint, es stimmte, er hätte das an eigenem Leib erfahren. Aber er wurde darauf von Schwester Torlaa ausgelacht, diese meinte, Geschrei sei wie Gesang. Erst jetzt fiel mir ein, daß ich in der letzten Zeit so selten an die Geschwister gedacht hatte, und dies beschämte mich. Ich spürte, daß sich die Scham zu einem brennenden, schmerzenden Wunsch verwandelte, den Bruder und die Schwester wiederzusehen, sie in diesem Augenblick neben mir zu haben und die Schönheit des Frühlings mit ihnen zu teilen.

Nun wünschte ich mir, daß auch Großmutter bei mir wäre. Stünde sie doch vor der Jurte mit ihrem kindlichen, alles wissenden Lächeln auf dem knittrigen, gütigen Gesicht, wenn ich nach Hause kam, wenn wir zu dritt nach Hause kamen, gleich drei Yrgaj-Zweigen! Ich habe noch keinen Yrgaj gesehen, wußte aber, das war ein Baum, und jeder Mensch, der Glück im Leben hatte, bekam ihn einmal zu sehen. Großmutter war es, die mir dieses erzählte, und wieder war sie es, die zu uns drei gesagt hat: »Wachst und erstarkt und bleibt immer zusammen gleich drei Yrgaj-Zweigen!« Dem Segensspruch war ein Geschenk vorausgegangen: Das Schaf Dshojtung hat Drillinge geworfen, und Großmutter gab uns jedem ein Lamm. Von den Drillingen war keines mehr da, das letzte der drei, Üshüsbej, gehörte Schwester Torlaa, krepierte beim letzten Dshut. Die Schafsdrillinge lebten alle nicht mehr, und wir drei Geschwister, die immer zusammenbleiben sollten, sind auch voneinander getrennt worden – warum das? Großmutter allein konnte das wissen, sie sollte endlich zurückkommen vom Salz oder von dem, was immer war. Großmutter sollte zurückkommen!

Das Wünschen und das Erinnern schärften meine Sinne, denn nun wurde mir erst recht bewußt, daß Arsylang noch nicht zurückgekommen war, und zum ersten Mal dachte ich an ein Unglück, das ihm zugestoßen sein könnte. Jetzt kamen mir die Tränen, und ich begann, anstatt sie abzuwischen oder neue zu verhindern, zu beten: »Ej Deedis, ej baj Aldajm!« rief ich die Arme vorstreckend. Schon flossen die Tränen in Strömen, aber noch war ich imstande zu sprechen. »Erhör mich und steh mir bei: Wo ist mein Arsylang? Ej, lieber, lieber Deedis! Sieh, bitte, bitte vor, daß er auf kein Unglück zustößt! Und wende es von ihm ab, wenn eines auf ihn lauert!« Ich begann zu schluchzen und kam nicht weiter, es mußte vorübergehen. Dabei dachte ich, daß Arsylang, wäre er bei mir, nun neben mir hocken und Heulrufe in den Himmel und in alle Himmelsrichtungen schicken würde. Dieser Gedanke erschütterte mich, und ich spürte mit einem Mal einen Klumpen in mir, der sich von Augenblick zu Augenblick zu vergrößern und zu erschweren schien. Ein Schmerz ging von ihm aus, ein solcher Schmerz, daß mir Sehen und Hören vergingen. Ich stieß einen Schrei aus, wieder und wieder. Irgendwann spürte ich die Schmerzen nicht mehr. Nun hatte ich Angst, daß sich das Schmerzen wiederholen könnte, und so biß ich die Zähne zusammen und versuchte, die Tränen und das Schluchzen in mir abzuwürgen.

Der Anfall verging. Die Unruhe aber blieb, verdichtete und verhärtete sich allmählich zu einer Gewißheit: Irgendwas war mit Arsylang passiert!

Ich erwog die möglichen Gefahren. Ausgeschlossen war, daß der Fuchs ihm etwas antun könnte. Arsylang konnte nicht nur mit einem Fuchs, sondern auch mit einem Wolf fertig werden. Was war aber, wenn der Fuchs ihn in ein Wolfsrudel hineingeführt hatte? Als Rettung blieb dann nur, daß sich der Hund sofort umdrehte und vor dem Rudel ausriß. Würde Arsylang das aber machen? Wohl kaum. Kämpfen würde er!

Er könnte auch in eine Falle geraten sein. Zwar hatte ich nichts davon gehört, daß Vater wieder Fallen aufgestellt hätte, aber wer konnte wissen, vielleicht hatte er doch welche versteckt. Ebenso könnte es eine vergessene Falle sein: Einer hat sie aufgestellt, mit zu Staub geriebenem Trokkendung bedeckt und eine dünne Schicht Sand darübergestreut, schon war nicht zu erkennen, daß sie darunterlag. Der Jäger irrte sich später, fand die Falle nicht mehr, sagte sich, ein Wolf oder gar ein Bär würde hineingetreten sein und sie davongeschleppt haben; sie aber lag, ein Jahr, zwei Jahre, fünf Jahre ... bis nun endlich einer auf die Gefahr bergende Erde trat – und dieser war Arsylang!

Oder – mir stockte der Atem, es drohte mir wieder schlecht zu werden. Ich versuchte an etwas anderes zu denken, aber es wollte mir nicht gelingen, denn eine andere Möglichkeit gab es nicht, Arsylang war kein Pferd, das sich von einem Felsen hinabstürzte, oder kein Schaf, das in eine Felsspalte hineintrat und sich ein Bein brach – selbst mit einem gebrochenen Bein würde er sich zurückschleppen können. Nein, nein, etwas anderes konnte nicht in Frage kommen!

Ich beschloß, mich auf die Suche zu begeben. Vorher lenkte ich die Herde auf die Hürde zu, schickte ein paar Drohrufe über dieses und jenes der Hendshe, die sich umdrehen wollten. Dann ging ich. Ich ging, nein, ich rannte, den hellen Weg, der weit über mir wie ein Ring auf der Bergbrust lag. Es ging steil bergauf, aber ich rannte und stürzte auf dem rutschigen Schieferkies immer wieder. Mich aufrichtend und weiterhastend, betete ich in Gedanken zu allem, was mich umgab, zu dem Himmel, der oberhalb des Weges und der Felsgrate vor mir schwankte und glänzte, zu dem steinigen Steilhang, auf dem ich mich vorankämpfte, zu dem Berg da oben, zu dem hinter ihm, zu allen Bergen, ich betete, sie möchten mir meinen Arsylang wohlerhalten.

Endlich erreichte ich den Weg, der nun keinem Ring, sondern einer vernarbten Wunde glich, und der sich in die Erde und die Felsen, in den Leib des Berges, eingefressen zu haben schien. Ich erreichte den Weg und stolperte darüber hin, blieb eine kleine Weile auf den Knien liegen, in dem staubigen, tönenden Kies, die Finger über dem blanken Felsen, der aus der Erde hervorschaute und dessen Scheitel gewetzt war von Füßen, Hufen und Pfoten, vom Wind und Wasser im Laufe der Zeiten; da hörte ich mein Keuchen, spürte meinen Schweiß, spürte auch das Feuer, das hinter meiner Brust brannte. Doch machte ich mir nichts daraus, ich erhob mich und hastete weiter; nun ging es leichter, nun rannte ich und hatte auch mehr Kraft zu beten. Ich betete zu dem Himmel, der sich verändert und etwas rötlich verfärbt hatte und nun glänzte. Ich betete zu den Lüften, die diesen Himmel füllten, und zu den Winden und den Wolken, die, obschon unsichtbar, aber doch da sein, ja, ruhen mußten nach dem Werk, das sie über uns Lebewesen vollbracht hatten. Ich betete zu dem Bergsattel Ak Gertik, der sich mir entgegenbewegte, und zu allen Sätteln, Hügeln und Gipfeln, zu allen Mulden, Tälern und Schluchten hinter diesem namentlich und der Reihe nach: Saryg Gertik, Gök Gertik, Hara Gertik, Dsher Haja, Myshyktalyyr, Gongaadaj, Dsher Aksy, Dshukschud... Ich betete zu dem Weg, auf dem ich ging, auf dem schon die Ahnen und ihre Herden gegangen waren, ich nannte ihn mir den großen weiten Weg, der Teil aller Wege war, die zu den drei Welten und ihren dreiunddreißig Ozeanen führten. Das hatte ich Vater abgelauscht. Ich betete und betete, und ich tat es für Arsylang, meinen Arsylang.

Am unteren Ende der Myshyktalyyrschlucht fand ich

ihn. Groß und dunkel, gleich einem jungen Yak, der an Dshoksaga erkrankt war, stand er schwankend mit dem Gesicht zu mir, torkelte rückwärts. Ein paar Schritte hinter ihm war der Bergrand, die Felswand, die steil herabstürzte in den gefürchteten Abgrund, der einige Flintenschüsse tief abfiel und in dem großen Fluß endete, in dem die Wasser aller tuwinischen Flüsse vereinigt dahinflossen.

Ich wollte einen Schrei ausstoßen, den Hund wohl beim Namen rufen, allein das ging nicht, ich war stumm geworden. Dafür preschte ich den steilen Hang hinunter, sprang mit jedem Schritt in die Höhe, fiel und prallte ab, und so glich ich einem Stein, der sich vom Hang gelöst hatte und in Fluggeschwindigkeit geraten war. Aber ich bekam meinen dahinstürzenden Körper schließlich doch noch in die Gewalt, bald stand ich neben meinem Hund, sah ihn aus nächster Nähe und berührte ihn.

Arsylang war unkenntlich geworden: Seine Haare standen zu Berge, wodurch er so groß und dunkel wirkte, seine Glieder streckten sich steif auseinander, sein Kopf lag im Nacken, seine Schnauze steckte im Schaum, und seine Augen hatten einen rötlichen Schimmer bekommen, sie wirkten starr und leer, allein die weit aufgesperrten Pupillen glänzten so erschreckend lebendig und glichen zwei Löchern, aus welchen ein tobender Brand hervorloderte. Er zitterte und röchelte, schien gegen eine Kraft zu kämpfen, die ihn rückwärts zog. Aber ich sah ihm an, daß er machtlos war und die Erde unter sich Handspanne um Handspanne verlor. Dabei mußte er mich erkannt haben, gab einen leisen Laut von sich, der einem Weinen ähnelte.

Ich steckte immer noch im Bann der Stummheit, die mich dort oben überfallen hatte, denn so sehr die Tränen die Augen füllten und die Sicht nahmen, weinte ich noch nicht. Ich packte Arsylang hier und dort, preßte ihn an mich und versuchte wohl zu fassen, was geschehen war.

Schließlich muß sich der Schreck gelockert und ich die Sachlage erkannt haben. Denn ich beschloß, zum *Letzten* zu greifen: Ich wollte mich an den Himmel wenden, ihn beim Namen nennen und um Hilfe bitten, mit der Bedingung, entweder erhörte *Er* mich und ließ mir seine Hilfe auf der Stelle zuteil werden, oder ich würde mich von *Ihm* lossagen, für immer. Diese rettenden Gedanken gingen auf Gehörtes zurück, in Erzählungen war davon die Rede. Gesehen hatte ich noch nie, auch nicht gehört, daß einer der Menschen, deren Namen mir bekannt waren, das jetzt am eigenen Leib erprobt hätte.

Ich band mir den Gürtel ab, band an jedes seiner Enden einen gewichtigen Stein, legte mir die Bürde um den Hals, kniete nieder, richtete den Blick zum Himmel und rief: »EH-EH-EEH, GÖK-DEERI!«

Mit Freude merkte ich, daß ich meine Stimme zurückhatte, und nun erklang sie, wie immer in einer Schlucht, gespenstisch laut und vielfach: die Echorufe, die von allen Felsen zurückhallten, folgten aufeinander, kreuzten sich und flogen auseinander; und mit Erschrecken und Erschütterung vernahm ich das schwere Wort, das noch nie über meine Lippen gekommen war, das ich aber soeben laut hinausgerufen hatte und das mir nun ein jeder Fels mit meiner Stimme zurückschrie, daß mich der Altai damit von allen Seiten bewarf. Doch, nun gab es kein Zurück mehr, ich hatte den *Höchsten* einmal geweckt, nun mußte ich ihm den Grund sagen, weshalb ich es getan hatte So fuhr ich fort: »ERHÖR MICH, EH-EH-EEH, GÖK-DEERI! HEILIGSTER ALLER HEILIGEN, GRÖSSTER ALLER GROSSEN! HIER IST DEIN SOHN DSHURUKUWAA, DEN DU IM JAHRE DES SCHWARZEN PFERDES DEM SOHN DES HYLBANG UND DER ORLUMAA SCHY-NYKBAJ UND DER TOCHTER DES LOBTSCHAA UND DER NAMSYRAA BALSYNG ZUR FORTPFLANZUNG DES STAMMES IRGID GABST, DER SEINEN ANFANG IN DER WEISSEN MILCH DES GRAUEN WOLFES UND IN DEM ROTEN BLUT DES BRAUNEN HIRSCHES HAT!«

Die Schlucht war von meiner Stimme erfüllt, ich hörte mich selber von allen Seiten lärmen und empfand eine stille Genugtuung, daß ich die Worte aus einem Schamanengesang auf meine Person ummünzen konnte. Aber gleich darauf verflog die Selbstgefälligkeit, da ich wahrnahm, daß ein neuer, schlimmer Krampf den Hund peinigte.

EH-EH-EEH, EWIGER VATER ALLER VÄTER, SÖHNE UND ENKEL, ERHÖR MICH UND WISSE: ICH BIN EINER MIT NOCH NISSEGLEICHEN ZÄHNEN UND EINEM FLAUMGLEICHEN HAARSCHOPF, BIN EINER MIT EINEM AUGE VOLLER WASSER UND EINEM HERZEN AUS FLEISCH!«

Bei den letzten Worten packte mich das Selbstmitleid, ich spürte die Tränen kommen. Ebenso spürte ich mit einem Mal sehr deutlich die Schwere der Steine. Zwar dachte ich, daß es so gerade richtig wäre, aber nun drückten die Steine so, daß ich mich beeilen mußte, das Wichtigste schnell noch auszusprechen:

»EH-EH-EEH, GÖK-DEERI, GESCHEITESTER ALLER

GESCHEITEN, MÄCHTIGSTER ALLER MÄCHTIGEN!
HAB ERBARMEN MIT MIR ARMEM, SCHWACHEM
KIND UND LASS MEINEN HUND AM LEBEN! EH-
EH-EEH, GÖK-DEERI, ERHÖR MICH UND STEH MIR
BEI! LASS MEINEN HUND AM LEBEN! EH-EH-EEH.
GÖK-DEERI, ALSO HAB ICH DICH BEIM NAMEN GE-
RUFEN UND DAS HÖCHSTE GEWAGT! NUN WARTE
ICH AUF DEINE HELFENDE HAND UND NUR DAR-
AUF: KOMMT DEINE HILFE, SO BIN ICH DES WEI-
TEREN NOCH VIEL MEHR DEINER ALS BISHER!
KOMMT SIE ABER NICHT, SO BIN ICH NICHT MEHR
DEINER, UND DU HAST EINEN SOHN VERLOREN!
FÜR ALLE ZEITEN!«

Hier hätte ich aufhören können, aber ich spürte noch
einen Rest Kraft und noch einen Rest Bedürfnis, auf
alle Fälle und der Klarheit halber dies zu sagen: »EH-EH-
EEH, GÖK-DEERI, LIEBER, HEILIGER VATER! LASS
MEINEN HUND, MEINEN ARSYLANG, AM LEBEN,
DER MIR BRUDER ANSTATT DES BRUDERS UND
FREUND ANSTATT DES FREUNDES IST! LASS MICH,
DER DICH LIEBT UND VEREHRT, DIR AUCH DES
WEITEREN EIN SOHN SEIN!«

Ich hielt inne und wartete. Im Epos kam die Hilfe schnell.
Der Himmel schickte seinen Regen, dessen Spritzer den
Feind wie Donnerkeile trafen, während sie dem hilfesu-
chenden Recken die Wunden auswuschen, die im Nu
verheilten. Das Eintreffen eines solchen Wunders war mir
unvorstellbar, aber noch unvorstellbarer sein Ausbleiben.
So harrte ich geduldig, in der Haltung: Auf den Knien die
Arme vorgestreckt, den Blick hinauf in den Himmel ge-
richtet und den Gürtel mit den beiden Steinen über dem
Hals. Nun hörte ich hinter mir das Röcheln und das Tau-

melgeräusch Arsylangs, der sich von mir wieder ein Stück entfernt hatte.

Ich hätte mich so gern nach ihm umgedreht, ihn eingeholt und festgehalten, damit er sich dem Bergrand nicht noch weiter näherte. Aber ich harrte des Wunders, das der Himmel über mich schicken würde, unbedingt. Und die Schwere der Bürde, die mich zur Erde zog, steigerte meinen Trotz nur noch. So saß ich, kniete, erstarrte, trotzte und harrte.

Es endete damit, daß ich zusammenbrach. Mit einem Mal kippte ich nach vorn um, fiel über den Sandkies, angenehm stützte mich die feste Erde unter den erstarrten und betäubten Armen, ebenso angenehm spürte ich die Kühle des Steins am erhitzten Gesicht. Ich befreite mich von der Bürde, kämpfte mich hoch und hastete zu Arsylang, der weitergetaumelt war und nur noch einen Schritt vor dem Bergrand stand. Wie ich bei ihm ankam, fiel mein Blick auf das blaue Nichts, das nach mir zu greifen schien, ich spürte deutlich, wie mir die Kopfhaare zu Berge standen, und in diesem Augenblick glaubte ich einen Ruck zu spüren, der mich in die Lüfte hob: ich schrie auf und warf mich zurück. Ich fiel auf den Hintern und konnte mich nicht entschließen, die Augen zu öffnen, die ich, rückwärts fallend, geschlossen hatte, ohne es zu wollen und zu wissen. Dann tat ich es doch und sah vor mir Arsylang, griff schnell nach ihm. Ich packte ihn am Hals und zog. Er war schwer wie ein Fels, ich hatte keine Hoffnung mehr, ihn dort zu halten, geschweige denn ihn an mich heranzuziehen. Denn ich spürte schon die Schwere, der ich nicht gewachsen war. Erst jetzt fiel mir ein, daß ich ihn vorher hätte umdrehen sollen, dann wäre er, da es ihn immerwährend rückwärts zog, von diesem

Erdrand weggetaumelt. Dann hätte ich ihn vielleicht sogar nach Hause bekommen! Nun aber so – ich hatte Angst aufzustehen, schon der Gedanke erlahmte und schmerzte mich an den Haarwurzeln. Ich fühlte mich betrogen, bedauerte, daß ich mich voreilig mit dem Himmel eingelassen hatte, ohne vorher genau gewußt zu haben, ob es stimmte mit seiner Hilfsbereitschaft. Aber dieser Gedanke erschreckte mich, ich versuchte ihn von mir abzuweisen, sofort beschwor ich mir einen anderen Gedanken herbei, der mir die Allmacht, die Güte des Himmels bewies: Der Regen, den *Er* alle Jahre wieder und wieder, fast immer zum gleichen Zeitpunkt, auf die Erde schickte – was wäre sonst geworden? Und die Sonne, die *Er* jeden Tag, und der Mond und die Sterne, die *Er* jede Nacht uns gab! O gut, daß mir so auf Anhieb Beweise zu Dienste standen – der schwere schreckliche Gedanke war verdrängt, aber vernichtet war er nicht, kein Gedanke ließ sich vernichten, das wußte ich nun.

Indes lag ich schon auf dem Bauch, denn der Hund rutschte unablässig weiter. Das Gefühl und die Kraft verließen Hauch um Hauch meinen Arm, der mich mit Arsylang verband und an dem Arsylangs Leben hing. Nun sah ich, nur eine gute Handspanne Erde war noch da. Gleich würde auch sie uns beiden wegrutschen, dachte ich mit Schreck, und Arsylang würde meinen Fingern entgleiten, so sehr sie sich auch in sein Fell krallten. Dann würde ich ihn niemals wiedersehen, so wie ich wohl auch Großmutter nie wiedersehen würde. Ich würde ganz allein bleiben mit der Herde, die von so großen Verlusten heimgesucht und zusammengeschrumpft war. Dann müßte ich allein nach den Geschwistern Ausschau halten, und allein würde ich ihnen entgegengehen, wenn sie kamen. Das mußte meine Zukunft sein, die nun schon begann.

Der Verstand sagte mir das. Aber im Grunde meines Herzens konnte und wollte ich mich damit nicht abfinden. Ich stemmte mich mit allem, was mir zur Verfügung stand, dagegen, ich verneinte die Möglichkeit.

Da kam mir wieder ein störrischer Gedanke in den Kopf: Was, wenn der Hund mit den Hinterpfoten über den Bergrand tritt, in dem Augenblick aus Schreck mir in den Ärmel beißt, um sich an mir festzuhalten?! Die Angst überkam mich so, daß mir übel wurde. Aber ich war nicht gewillt, den Hund loszulassen und so wenigstens mich selbst zu retten, eh es vielleicht zu spät war.

Unter Angstkrämpfen begann ich leise zu beten: »Vater Himmel und Mutter Erde! Erhört mich und steht mir bei: Gebt meinem Arm genug Kraft, daß er den Hund dort zum Stehen bringt, wo er jetzt ist, und keinen Fingerbreit weiterläßt!« In diesem Augenblick hörte ich einen Ruf. Es war die Stimme Vaters: »Durchhalten – ich komme! Durchhalten – ich komme!«

Das also war das Wunder! blitzte es mir durch den Kopf. Und vor Rührung für die Gütigkeit des Himmels traten mir erneut die Tränen in die Augen. Doch vergaß ich dabei nicht, daß ich nun erst recht festzuhalten hatte. Und so tat ich es auch. Vater kam leise angeschlichen, auf den Zehenspitzen, wie mir schien. So verpaßte ich den Augenblick seiner Ankunft und fuhr zusammen, als er mich von hinten an den Kniegelenken anfaßte. (Später erfuhr ich, er hatte gedacht, der Hund hätte sich an mir festgebissen, und so wollte er unbemerkt kommen.)

Er faßte mich und zerrte mich zu sich, ich schrie: »Nicht mich, sondern den Hund!« Darauf ergriff er Arsylang, faßte ihn an einer Vorderpfote. Nun zogen wir zu zweit. Arsylang schien schon halbtot. Die Pupillen waren noch weiter aufgerissen, aber jetzt war es hinter diesen leer, als ob der Brand ausgebrannt wäre. Der Körper stieß sich leblos, war erstarrt. »Ej, Himmel!« schlug Vater mit der Zunge. »Er hat Gift gefressen! Und da ist nichts mehr zu machen! Gut nur, daß wenigstens mit dir, mein Kindchen, nicht das Schlimmste passiert ist!«

Diese Worte wirkten auf mich vernichtend: Keine Rettung mehr, wo er vor dem Abgrund endlich gerettet war?! Also doch kein Wunder?! Und wie dumm, daß man das auch noch gut fand! Dumm und gemein! Vor Schmerz fuhr ich zusammen. Dann richtete ich mich gewaltsam auf und schrie Vater an: »Du hast meinen Arsylang zugrunde gerichtet mit deinem blöden Gift! Nun sagst du, da wär nichts mehr zu machen! Und dazu noch: gut?!«

Das letzte Wort war ihm nachgeäfft.

Ich erwartete eine Ohrfeige. Allein Vater rührte sich nicht. Ich sah ihn erbleichen, seine Lippen zitterten. O warum ohrfeigte er mich denn nicht? Warum warf er mich nicht durch einen Schlag oder einen Fußtritt zu Boden? Warum nur nicht?! Dann hätte ich einen Anlaß gehabt, wenigstens zu weinen und zu schreien und zu tollen und die Schmerzen von mir abzuwerfen! Aber so stand ich den Schmerzen ausgeliefert, wußte nicht, wie weiter. Wir standen nun zu zweit tatenlos da und warteten wohl auf das Ende. Darauf, daß Arsylang umfiel und krepierte! Um sagen zu können, daß er tot war! Um dann nach Hause gehen zu können! Um sich, zu Hause angekommen, die Hände mit Wacholdersud zu waschen, zu essen und zu trinken, zu schlafen, um sich davor und danach mit den Schafen und Lämmern abzuplagen, kurz, um im Leben auszukommen, auch ohne den Hund Arsylang! Ach, wie schrecklich und wie schändlich! Vater fragte mich nach meinem Gürtel, weshalb er dort herumläge und warum die Steine eingebunden seien. Ich erzählte, was geschehen war.

»Ach, mein Kind«, sagte Vater traurig, »ist dieses schreckliche Gift im Magen, ist es zu spät. Da kann nicht einmal der Himmel etwas tun!«

Ich sagte darauf nichts, ich hatte nichts mehr zu sagen. Aber begreifen konnte ich das trotzdem nicht.

Vater ließ den röchelnden und zitternden Hund los, den er bis jetzt gehalten und gestützt hatte, ging zu meinem Gürtel, band die Steine ab, kam auf mich zu und legte ihn mir um. Ich stand regungslos da, die eine Hand an Arsylangs Flanke, fühlend, wie sich der Tod in ihm verbreitete. Aber nun, mit dem Gürtel, spürte ich eine kleine Erleichterung, eine kleine Stütze. Da fiel mir die Geschichte des Alten Schirning ein. Und alsbald schrie ich: »Milch! Vielleicht hilft Milch?!«

Vater hielt inne, sah mich an. Ein Funke kam in seinen Blick. In mir erwachte die Hoffnung. »Los!« sagte Vater. »Wir bringen ihn zur Herde!« Er hob Arsylang mit einem Ruck auf und warf ihn sich auf den Rücken. Wir gingen die Schlucht aufwärts, kletterten den Steilhang hinauf. Ich rannte oder war bestrebt, es zu tun. Vater rannte nicht, er konnte nicht rennen. Aber er kam einige Schritte hinter mir mit.

Zu unserem Ärger war die Herde nicht dort, wo Vater sie zurückgelassen hatte. Sie hatte sich zum Ail, zur Hürde, begeben. Jetzt rannte ich schneller, und Vater, der nicht rennen konnte, rief mir nach: »Warte nicht auf mich, renne und sage Mutter, Milch soll her!« Ich rannte schnell, es ging leicht bergab.

Die Herde holte ich erst am Ailrand ein. Ich begann zu brüllen, als ich die Hürde und darauf die Jurte sah: »Ihi-iiij! Ihi-iiij!« Mutter war und war nicht zu sehen, ich wollte platzen vor Zorn, weil sie nicht aus der Jurte trat und mit dem Milcheimer mir entgegenlief. Aber da hörte ich ihre Stimme, von der anderen Seite, von dort, wo die kleine Herde war. Dann sah ich sie, sie humpelte auf mich zu. Schon damals hatte sie Schmerzen in dem einen Bein, die sie später an den Gehstock brachten. Sie rief: »Was ist?« »Ein Unglück ist geschehen! Ein Unglück!« schrie ich. Ich galoppierte weiter auf die Jurte zu. Zu meinem Glück fand ich in der Jurte einen Holzeimer mit Milch. Ich ergriff ihn und rannte zurück. Inzwischen war Mutter beträchtlich vorangekommen, doch wollte ich nicht auf ihre Ankunft warten, wollte schon Vater entgegenlaufen. Allein Mutter rief: »Warte doch! Warte!« Ich mußte halten und warten, bis sie bei mir ankam. Das schien mir eine Ewigkeit zu dauern. Ich kochte vor Wut, schrie immer wieder: »Schneller, schneller doch, Hara mola!« Das war ein ziemlich harmloser, oft sogar liebkosender Fluch bei vielen Leuten, bei uns in der Familie aber wurde er nur in äußersten Fällen gebraucht. Nun sagte ich es zu meiner Mutter.

Endlich kam sie. »Was ist denn geschehen, Deedis?!« sagte sie keuchend, und dabei bebte ihre Stimme. »Arsylang hat Gift gefressen!« schrie ich wie mit Tränen in der Stimme, die vor allem daherrührten, daß ich, auf Mutter wartend, so viel Zeit verloren hatte. Und nun griff ich wieder nach dem Eimer.

»Und wo ist Vater!«

»Unterwegs mit Arsylang!«

Im Davonrennen hörte ich Mutter rufen, es klang nach Freude: »Ej baj Aldajm!«

Ich war beleidigt von ihrer Freude. Ich war beleidigt wegen Arsylang, der inzwischen vielleicht tot war. Ich rannte davon und antwortete dem nicht, was dann noch kam.

Gleich hinter dem ersten Sattel trafen wir uns. Vater wollte Arsylang behutsam auf die Erde stellen, dieser aber konnte schon nicht mehr stehen. Wir legten ihn auf die Seite. Die Beine streckten sich auseinander, als wollten sie vor dem Gift, dem Tod, der im Bauch schon nistete, flüchten. Selbst der Schwanz stand stockgerade nach oben. Arsylang röchelte nur noch leise, und das war das einzige Lebenszeichen an ihm. Aber dennoch suchten wir die Milch ihm einzuflößen. Seine Zähne waren zusammengebissen, Vater steckte die Spitze seines Messers in eine Spalte hinter den Eckzähnen und versuchte, sie aufzustemmen. Doch die Zähne, die fest aufeinanderlagen, ließen sich nicht auseinanderbewegen. Aus jeder Lücke quoll schäumender Schleim hervor, und wenn dieser abgewischt wurde, war etwas sehr Dunkelrotes, ja fast Schwarzes sichtbar, das mußte die Zunge sein.

Zum Schluß steckten wir in ein Nasenloch ein Zwiebelrohr, tröpfelten Milch hinein. Die Milch kam vom Eimer in meinen Mund und von dort ins Rohr. Dabei wurde ich von Vater belehrt, daß ich mit dem Mund lieber nicht so dicht an den Hund rankommen sollte, er hätte gehört, von Gift könnte manchmal die Tollwut stammen.

Die Milch, die wir in das eine Nasenloch hineinlisteten, kam bald aus dem anderen wieder heraus, aber dieses nun, was da schäumend hervorquoll, war keine Milch mehr, sondern wie Wasser und Quark.

Ein qualvoller Krampf fuhr durch Arsylangs Körper, ein Weinen, nun noch leiser, folgte. In diesem Augenblick bemerkte ich Mutter. Sie stand mit einem Mal neben mir. Der Groll, den ich ihr gegenüber empfunden hatte, war noch nicht verraucht, aber jetzt blitzte in mir ein Gefühl des Dankes. Es war jenes Dankesgefühl, das man gegenüber Menschen empfand, die einem bei einem schweren Unglück allein durch ihre Gegenwart beistanden. Denn ich hatte soeben gespürt, daß Arsylang verendete. Trotzdem war ich überrascht, als Vater sagte, es wäre aus mit dem Hund. Und dies wohl nicht so sehr darüber, daß der Tod, der längst in Arsylang gewesen war, nun sich vollendet hatte, sondern darüber, daß man so einfach sagen konnte: »Es ist aus mit dem Hund!« So, als ob man sagte: »Die Milch ist sauer geworden« oder »Der Holzeimer ist undicht« oder »Das Hufeisen ist durchgetreten«.

Das Dankesgefühl, das ich auch Vater gegenüber empfunden hatte dafür, daß er in diesem Augenblick bei mir und neben dem toten Arsylang stand und nicht einer seiner unzähligen Beschäftigungen nachging, trübte sich, verschwand und verwandelte sich schließlich in ein Grollgefühl. Ich überlegte, um weitere Gründe zu finden, die Vater beschuldigen konnten. Und ich fand sie sogleich: Arsylang war kein Hund schlechthin! Hunde gab es viel, Arsylang aber war nicht nur der beste unter ihnen, er war einzig, einmalig. Er war's, der den Hund vergiftet hatte! Hinzu blitzte noch der Gedanke auf, eine dunkle Ahnung noch: Ein Hündchen würde so schnell wie nur möglich kommen, hochgepäppelt werden und

168

Arsylangs Stelle einnehmen. Für diesen ungelegenen Gedanken, den *ich* gedacht hatte, machte ich auch meinen Vater verantwortlich. Denn ich nahm ohne Bedenken an, daß er ihn bestimmt auch gedacht haben würde.

Da hörte ich Mutter sagen: »Ich habe mir euretwegen so Sorgen gemacht!« Und das klang in meinen Ohren so: Gut nur, es ist nur der Hund gewesen! Auch das Dankesgefühl Mutter gegenüber erstarb in mir augenblicklich. Etwas Dunkles und Bitteres schien darüber wegzukriechen, zu wachsen und sich zu einem Felsen zu erhärten.

Die Welt war unbegreiflich. Mir wurde sterbensübel. Ich mußte etwas tun, mußte mich aufbäumen, um den Felsen, den ich in mir spürte, zu zerbrechen und auszuspukken, damit er mich nicht noch tötete, so wie das Gift Arsylang soeben getötet hatte. Und ich tat es: Ich riß mich hoch, trat vor, stellte mich dicht an den toten Arsylang, streckte die Fäuste zum Himmel empor und schrie: »I–ih–iiij, Gök-Deeri!«

Die Eltern mußten davon so betroffen gewesen sein, denn es war still um mich herum.

»I–ih–iiij, was bist du für einer, der du ohnmächtig bist vor so einer Prise Pülverchen?«

Jetzt sprang Vater auf mich zu, ich flüchtete vor ihm, immer noch mit erhobenen Fäusten, und schrie weiter: »Oder bist du alt und taub und blind geworden?! Oder bist du so böse, daß du mich nicht erhören und mir in der Not nicht beistehen wolltest?!«

Ich wurde gefangen, aber ich schrie weiter: »Wohl ja: Du hast geschehen lassen, daß mir die Geschwister weggebracht wurden, die Großmutter starb, die Herde einging und nun auch der Hund verendete!«

Vater preßte mich an sich heran, versuchte mich zum Schweigen zu bringen: »Laß das, liebes, liebes Kind! Laß das, ich bitte, ich flehe dich an!«

Aber ich ging darauf nicht ein: »I-ih-iiij, Gök-Deeri, was hab ich verbrochen?! Womit hab ich das verdient?! Schämst du dich nicht, mir armem, schwachem Kind das alles anzutun? I-ih-iiij, gögergen Gök-Deeri, i-ih-iiij!« Jetzt sah ich auch Mutter dicht vor mir, sie drückte mir die Arme herunter, blickte mich mit vor Schreck weit aufgerissenen Augen an und sagte etwas, was ich nicht hörte. »E-eh-eej, Gök-Deeri! Du Tauber, der du mich nicht erhört hast, nun höre dir die Strafe an, die ich dir auferlegt habe –« Mutter hielt mir den Mund zu. Aber das gelang ihr nur kurz, denn die Gewalt, die man mir antat, brachte mich nun erst recht zum Äußersten. Ich wurde zu einem wilden Tier: trat mit den Füßen, schlug mit den Fäusten, kratzte und biß um mich und entkam letzten Endes Vaters Umklammerung. Nun konnte ich mit erhobenen und fuchtelnden Fäusten dem Gök-Deeri, unserem Himmel, die Strafe verkünden: »Ab jetzt bin ich dir nicht mehr Sohn, und ich werde dich nur noch ver- achten, i-ih-iiij, gögergen Gök-«

Mir blieb die Stimme weg. Ein Schlag traf mich am Kopf. Ich hätte um ein kleines meinen können, er wäre vom Himmel, meinem bis vor kurzem mächtigen, nun aber schäbigen Gök-Deeri, gekommen, aber ich habe noch sehen können: Es ist Vater gewesen, der ihn mir verpaßte. Mir vergingen Hören und Sehen, ich spürte, daß ich auf die Erde fiel und den steinigen Abhang hin- unterpurzelte. Dann waren es Hände, die ich am Nacken, im Gesicht spürte. Dazu nahm ich ein Gesicht über mir wahr, es verschwamm; aber an den rauhen, warmen

Händen, die mich anfaßten, erkannte ich Mutter. Und ich war ihr dankbar dafür, daß sie mich am Nacken hielt und an den Backen streichelte. Dann nahm ich ein Stück weiter, oberhalb mir und vor dem Abendhimmel, eine lange breite Gestalt wahr, aber beide verschwammen ebenso. Sofort nahm ich den Kampf wieder auf, der mir in dem Augenblick wie etwas vorkam, das ich nicht unterlassen noch verschieben durfte. Ich schob die fremden Hände unsanft beiseite, richtete mich auf, schwankte auf die längliche Gestalt zu und brüllte aus aller Leibeskraft: »I-ih-iiij, schlag mich tot, nachdem du meinen Hund zu Tode vergiftet hast! Tu es nur, ich bin bereit dazu! Was soll ich mich auch weiterquälen fern von meinen Geschwistern, ohne meine Großmutter, ohne meine Herde und ohne meinen Arsylang auf dieser Erde unter diesem Himmel, der blind und taub ist?!«

Mit einem Mal wurden mir all die Anstrengungen und Entbehrungen, die ich in dem endlos langen Frühjahr auszuhalten und auf mich zu nehmen hatte, gegenwärtig, und die Worte ergossen sich aus mir wie Wasser aus einem Gefäß, das umgestürzt worden war: »Schlagt mich tot oder beendet mich sonstwie! Ihr denkt vielleicht, ich hab Angst davor, nein! Wenn ihr das nicht tut, so werde ich es selber tun, ich werde mich von einem Felsen herunterstürzen oder auf sonst eine Weise in den Tod kommen! Ja, ich will sterben und von den schwarzen Würmern gefressen werden! Ich bin ja auch nicht euer Kind, bin euer Knecht! Denn habt ihr mich je ausschlafen lassen?! Und wißt ihr, wie sehr ich friere, hungere und Müdigkeit spüre? Ihr denkt nur an das Vieh, das Wolfsfraß, nicht aber an eure Kinder! Zwei habt ihr weggegeben, und mich laßt ihr ochsen wie einen Hütekasachen!«

Ich schleuderte diese Worte, als ob man Steine schleuderte, aus mir heraus und wollte damit meine Eltern treffen und verletzten und auch töten.

»Ich möchte sterben und von den schwarzen Würmern gefressen werden, i–ih–iiij! Sterben und Schluß machen, wie andere es auch getan haben! Ich möchte dorthin gehen, wohin meine Großmutter auch gegangen ist: in den Tod, i–ih–iiij! Oder denkt ihr vielleicht immer noch, ich weiß es nicht?! Nein, meine Großmutter ist tot, und ihr habt sie weggeschafft wie ein totes Schaf oder eine tote Katze! Wohl habt ihr sie in ein Geröll oder in ein Erdloch versteckt oder sogar den Füchsen und Wölfen zum Fraß vorgeworfen! Ich weiß das, aber ihr redet von der Reise, von dem Salz, ihr schwindelt, wie es euch gerade einfällt, weil ihr mich für dumm haltet, aber ich bin es nicht!«

Indes konnte ich wieder deutlich sehen und hören. Die Eltern standen wie auseinandergescheucht und schauten stumm an mir vorbei. Dieses erbärmliche Bild war es wohl, was mich zur Besinnung zwang: Mit einem Mal wußte ich, daß sie mich nicht totschlagen, sondern nur zum Schweigen bringen wollten. Mir dämmerte: ohne Großmutter, ohne Arsylang, auch ohne die Herde, die ich einst besessen habe, von den Geschwistern getrennt, mit dem Himmel entzweit und nun auf dem Weg, mich auch mit Vater und Mutter zu entzweien. Damit würde ich das Letzte verlieren, was mir gegeben war. Ich durfte wenigstens dieses Allerletzte nicht verlieren! Also mußte ich mich mit dem abfinden, was geschehen war!

So sprach, wie mir schien, einer, der in mir war, der aber nicht ich sein konnte. Nein, das mußte ein Fremder gewesen sein, und ich war nicht bereit, auf ihn zu hören. Ich kannte ihn nicht, er war mit einem Mal da, war mir neu, fremd, war mir zuwider. Er beleidigte mich. Er beleidigte mich für alles, was gewesen, was Teil meines Daseins gewesen ist, das von mir zu trennen keiner das Recht hatte.

So riß ich mich zusammen und ging erneut zum Kampf über. Ich kreischte aus aller Leibeskraft, schlug dabei um mich, stürzte um, warf mich auf die Erde und sprang dabei um mich herum, stürzte wieder, warf mich erneut auf die Erde und sprang alsbald wieder auf. Sinnlos sind meine Geburt und mein Überleben gewesen! Sinnlos meine Träume, meine Gebete! Sinnlos die Segenssprüche, die andere mir spendeten, und die Lobreden und Versprechungen und die Anstrengungen, die ich auf mich genommen hatte! Ich bin betrogen worden um das, was man Leben nennt! Ich war fehl hier zwischen Himmel und Erde!

Noch war mir die Stimme nicht heiser. Noch spürte ich Kraft in den Gliedern. Doch wußte ich schon, daß mir bald die Kehle versagen und der Körper erschlaffen würde, und das ärgerte mich am meisten.

Aber gerade dieses Wissen wiederum veranlaßte mich zu kämpfen. Denn was war ich für einer, der ich nicht imstande war, die Ungerechtigkeit abzuwehren, die mir so schamlos zugefügt wurde!

Warum war ich so?

Warum war es so?

Warum, i-ih-iiij, Warum?!

Der Trotz, der in mir erwacht war, loderte nun lichterloh.

Ich wollte den Kampf auf keinen Fall aufgeben. Ich mußte ihn um jeden Preis zu Ende führen. Mochte geschehen, was geschehen konnte! Mochte mir die Kehle brechen und der Lebensfaden reißen! Mochte ich, der Pechvogel, ins Gras beißen, und mochten mich dann auch die schwarzen Würmer fressen! Mochte das unehrliche Spiel endlich sein Ende finden, bittschön! So brüllte und bockte ich weiter . . .

Glossar

Aarschy (tuw.) getrockneter Quark in kleinen Brocken

Aga (tuw.) Bruder, Onkel, Anrede für eine ältere männliche Person

Ail Jurtengehöft

Aimak (mong.) Verwaltungseinheit, Bezirk; in tuwinischer Redeweise ist jeder gemeint

Altai/Homdu-Altai tuwinischer Teil des Altaigebirges, berühmt wegen seines Reichtums an Bodenschätzen, besonders Gold, Silber, Kupfer und Eisen

Aragy (tuw.) Branntwein aus gegorener Milch

Arate (mong.) armer Viehzüchter, tragende Säule der sozialistischen Gesellschaft

Awaj (tuw.) Schwester, Tante; Anrede für weibliche Verwandte väterlicherseits

Baj (türk.) Reicher

Beg (türk.) Fürst; ältere, ehrfürchtige männliche Verwandte des Ehemannes

Boorsak (tuw.) in Fett gebackene harte Weizenfladen

Daaj (tuw.) Verwandte mütterlicherseits

Darga (mong.) Chef, Vorsteher, Befehlsgeber

Deedis (tuw.) das umschreibende, verharmlosende Wort für das unaussprechliche »Deeri« – Himmel

Dekpirek Vergiftung bei Schafen, wahrscheinlich hervorgerufen durch unverdauliche Nahrung

Desgen (tuw.) Pflanze mit starker, harter Wurzel

Doj Staatsfeiertag der Mongolei am 11. und 12. Juli

Dokpak (tuw.) Keule aus Holz oder Hirschgeweih, Schlachtinstrument

Dör (tuw.) gegenüber der Tür gelegene Seite der Jurte, gilt als Ehrenplatz

Dshargak (tuw.) rockähnliche Bekleidung aus enthaartem Schaf- oder Ziegenfell der ärmeren Bevölkerung

Dshelbege (tuw.) Märchengestalt, die alles ißt und nie satt wird

Dshele Bindestrick für Yakkälber und Fohlen

Dshoksaga (tuw.) Gehirnkrankheit

Dshula (tuw.) Leuchte für kultische Zwecke, die mit zerlassener Butter zum Brennen gebracht wird

Dshut (tuw.) schweres Unwetter, meist einen Futtermangel für die Tiere bedeutend

Düüleesch (tuw.) Hochgebirgspflanze mit starker Wurzel und weicher, buschiger Krone

Ej baj Aldajm (tuw.) Oh, mein reicher Altai

Enej (tuw.) Großmutter

Eshej (tuw.) Großvater

Gashyk (tuw.) Knöchel von Schafen und Ziegen, die dem Spiel, aber auch kultischen Zwecken dienen

Gök Deeri (tuw.) Blauer Himmel

Göldshün (tuw.) Geister, mit denen Schamanen sprechen

Gükpek (tuw.) kleine Holzhütte für junge Tiere

Güüj (tuw.) Frau eines Daaj

Hadak (tuw.) hellblaues, manchmal auch weißes Segenstuch für feierliche Anlässe. Es erfüllt bei Nomaden die Rolle eines Blumenstraußes bei europäischen Kulturen

Halcha (mong.) der größte und angesehenste ethnische Stamm in der Mongolei; seine Sprache ist heute Literatur- und Amtssprache

Hara Gishen (tuw.) Schimpfwort für Hunde

Hara mola Schimpfwort, das sich auf das Grabmal (mola) der Kasachen bezieht

Hara-Sojan (tuw.) eine der drei ethnischen Hauptgruppen der Tuwiner – neben Ak-Sojan und Gök-Mondshak

Hendshe (tuw.) letztgeborene Schafe, die in einer eigenen Herde von Kindern beaufsichtigt werden; auch: jüngstes Kind

Höne Bindestrick aus Yakhaaren für Lämmer und Zicklein

Höötbeng (tuw.) Weizenmehlknödel, in heißer fetter Milch zubereitet

Hürde geflochtene, meist tragbare Einzäunung für Schafe

Indshejek (tuw.) Filzsack, in dem Lämmer getragen werden

Jurte (mong.) transportable, zeltähnliche Behausung Zentralasiens; mit Filz gedecktes hölzernes Gerüst

Kulak (russ.) Faust; so wurden in der Sowjetunion Großbauern bezeichnet, übertrug sich auf wohlhabende Viehzüchter in der Mongolei

Lawschak (tuw.) mantelähnliches Obergewand für den Sommer

Örtöö (mong.) Eilreiterpost, gegründet von den großen Herrschern der Mongolei aus dem 13. Jahrhundert, abgeschafft erst 1949. Die Entfernung zwischen zwei Örtöö betrug etwa 30 km. Der Örtöö-Dienst basierte auf unvergüteter Lieferung von Reitpferden und unbezahlter Arbeit der ärmeren männlichen Bevölkerung

Oshuk (tuw.) Feuergestell aus runden Eisenringen mit vier Säulen

Pidilism (mong.) umgangssprachlicher Ausdruck für
Feudalismus

Sardakpan Held tuwinischer Sagen, Schöpfer des Altai

Sawyl (tuw.) Trinkschale aus einer Baumwurzel

Schagaa (tuw.) Opfersäule aus Steinen; Neujahrsfest
nach dem Mondkalender

Scharbing (tuw.) eine Art Pfannkuchen

Schietscheeng (chin.) Auto

Ser (tuw.) hohes Regal im Freien, in dem die Wintervor-
räte aufbewahrt werden

Sogum (tuw.) Winterschlachtung

Sumun (mong.) Verwaltungseinheit, Landkreis

Süngük (tuw.) Schultasche, Umhängetasche

Tamyr (kas.) Ader, Wurzel; im übertragenen Sinn:
Freund, Gefährte

Ton (tuw.) rockähnliche Bekleidung für kalte Jahreszeiten

Ütschü (tuw.) lange, mit Stoff bezogene Winterbeklei-
dung

Üüsche (tuw.) zusammengelegtes, tiefgefrorenes Fleisch
von Kleintieren

Yak langhaarige Rinderart des zentralasiatischen Hoch-
gebirges

Yrgaj tamariskenähnliche Strauchart; das rote, feste Holz
wird als Peitschenstiel verwendet

Neu im Suhrkamp Verlag

Susanne Kaiser
Von Mädchen und Drachen
Ein Märchenroman
192 Seiten. Gebunden.

Dieses Buch müßte alle jungen Mädchen und Frauen angehen. Und erst recht alle Männer, denen es vergnüglichen Nutzen bereiten könnte, zu erfahren, wie es in der Seele junger Frauen aussieht: Wie wird die ratlose, ja verzweifelte Gwendolyn zum kraftstrotzenden, selbstbewußten Drachenmädchen? Dazu gehört eine vitale Urkraft, die weder an den lächerlichen noch auch an den – viel gefährlicheren – »gutgemeinten« Forderungen von Familie und Umwelt erstickt. Sondern die sich zu befreien vermag in einer neuen, märchenhaft archaischen Existenz.

Susanne Kaiser erzählt mit Sympathie und Witz, wie herzlich die junge Gwendolyn als wohlbehütete Tochter aus reichem Haus ihren wunderbar originellen Privat-Zoo gehegt und geliebt hat, wie verzweifelt sie sich bemüht, den ach so vernünftigen Vorstellungen von Eltern und Verehrern zu entsprechen. In höchster Not öffnet sich dieser jungen Seele ein letzter Ausweg: die Verwandlung in jenes Drachenmädchen, das vielleicht schon immer in ihr versteckt war. In ihrer neuen Umgebung sieht Gwendolyn: Sie ist keineswegs die einzige. Sie gehört nun zu einer freien, vergnügten Gruppe von Drachenmädchen aus aller Welt. Entronnene, die – als seien sie Angehörige eines Ordens – ihr Dasein nach archaischen Ritualen regeln und sich ganz selbstverständlich zurückbesinnen auf lang verschüttete matriarchalische Muster.

Doch das genügt den zwölf Drachenmädchen nicht. Ihre Diskussionen umkreisen die Frage, ob denn die freie Entfaltung der eigenen Kräfte wirklich genüge, ob es nicht noch etwas anderes gäbe, was Hingabe lohne und die Aufgabe der Drachenexistenz. Vielleicht die Künste. Oder erst recht: der von den Drachenmädchen mit Spott, aber auch mit Sehnsucht diskutierte Mann, der »Märchenprinz«.

So lernt das respektgebietend riesige Drachenmädchen Gwendolyn einen jungen Mann kennen, der sich vor ihrer Gestalt nicht fürchtet. Der ist freilich kein Märchenprinz, sondern etwas durchaus Reales: ein früh berühmt gewordener, junger Bildhauer in einer Schaffenskrise. Gwendolyn ist bereit, sich zurückzuverwandeln, zu heiraten, die Beziehung zu ihren Angehörigen wiederherzustellen. Jetzt aber ist sie nicht mehr die unselige, sich selbst entfremdete Tochter von einst, sondern autonom und selbständig. Einige ihrer Drachenfreundinnen wagen gleichfalls die Rückkehr ins Menschliche. Und am Ende steht – wie in jedem richtigen Märchen – ein großes Fest.

Susanne Kaiser hat eine »story« geschrieben, wie sie jederzeit hätte geschehen können und vielleicht heute besonders aktuell ist. Im Märchenroman *Von Mädchen und Drachen* mischt sich manches: Nachdenken über die Emanzipation und Lust an der Emanzipation. Abweisung der erstarrten Gesellschaft und Rückkehr in die offene Gesellschaft. Verzweiflung am Leben und Freude am Leben.

Susanne Kaiser lebt in München. Geboren in Heilbronn, aufgewachsen in Stuttgart und Tübingen, studierte sie in Tübingen und Paris Romanistik, Germanistik und Anglistik. Bisher ist sie hauptsächlich als Übersetzerin hervorgetreten. Sie übertrug Dramen von Hélène Cixous, Jean-Claude Grumberg, Prosa von Henri Michaux und Françoise Mallet-Joris, Essays von Gabriel Marcel u. v. a.

Neu im Suhrkamp Verlag

Carmen Martín Gaite
Rotkäppchen in Manhattan
Roman
Aus dem Spanischen
von Anne Sorge-Schumacher
184 Seiten. Gebunden

Geträumt hat Sarah Allen schon immer davon, nach Manhattan hinüberzukommen, wo das Abenteuer lockt. Allzu behütet lebt sie im vierzehnten Stockwerk eines Hochhauses in Brooklyn. Seit sie vom legendären Freund ihrer Großmutter, dem »Bücherkönig« Aurelio Roncalli, einen Stadtplan geschenkt bekommen hat, schweift sie in ihrer Phantasie immer wieder zu dieser Insel mitten in New York, die sie wie Robinson erkunden möchte, ganz allein und nicht an der Hand ihrer ewig sich sorgenden Mutter. Zwei Wunschziele hat sie vor Augen: den Central Park zwischen all den Wolkenkratzern und die Freiheitsstatue am südlichen Zipfel der Insel. Mit der Freiheitsstatue hat es etwas Besonderes auf sich, das *weiß* sie.

Am Tag nach ihrem zehnten Geburtstag packt Sarah die erste Gelegenheit beim Schopf und entwischt mit der U-Bahn nach Manhattan. Sie will zu ihrer geliebten Großmutter, die früher als Sängerin und Tänzerin Gloria Star auftrat und die noch heute viel mehr Schwung hat als Sarahs Eltern und die anderen Erwachsenen. Auf nach Manhattan! Dort aber begegnet Sarah der geheimnisvollen Miss Lunatic mit ihrem Stadtstreicherinnenwägelchen und ihrer unglaublichen Geschichte.

Sarahs Abenteuer wird noch phantastischer, als sie es sich in ihren kühnsten Träumen ausgemalt hat. Ohne Miss Lunatic alias Madame Bartholdi aber wäre die plötzliche Begegnung mit Mr. Woolf, dem einsamen Tortenkönig von New York, mitten im nächtlichen Central Park bestimmt ganz anders verlaufen.

Was Sarah Allen an diesem einen Tag in Manhattan alles erlebt, erscheint fast wie ein Märchen.

Carmen Martín Gaite ist eine der angesehensten Schriftstellerinnen Spaniens. Für ihr literarisches Werk, das Romane, Erzählungen, Essaybände, Lyrik und auch ein Drama umfaßt, erhielt sie hohe Auszeichnungen, zuletzt den Premio Príncipe de Asturias. *Rotkäppchen in Manhattan*, 1990 in Spanien erschienen, ist nicht ihr einziges Buch, das für junge Leser gedacht ist. Es ist aber das erste, das auf deutsch erscheint.